やさしい雨と彼の傘

染井吉乃

幻冬舎ルチル文庫

CONTENTS ✦目次✦

やさしい雨と彼の傘

やさしい雨と彼の傘 …… 5
あとがき …… 286

✦カバーデザイン=吉野知栄(CoCo.Design)
✦ブックデザイン=まるか工房

イラスト・緒田涼歌✦

やさしい雨と彼の傘

…大体、『彼』が大学の昼休みに呼び出しをするような時は、ろくなことがないのだ。

ここ、東京都下にある私立桜橘《おうき》大学に通う情報工学科一年生の佐久間仁《さくまじん》はそんなことを考えながら、ひとり夜の閉館間近の図書館本館を歩いていた。

暑くうだるような夏を過ぎ、夏休みが終わってからは過ごしやすい日々が続いている。夜ともなれば湿気もなく、季節がゆるやかに秋へと向かっているのが実感出来た。

「しかし…幽霊ねえ。シノ先輩も大変だなあ」

佐久間が歩いているのは図書館のある本館と呼ばれている建物の二階、かつて研究室があったフロア部分だ。近年新校舎が完成したのに伴い、現在は使われていない。

この大学の最大の特徴といえば、全国でも有数の蔵書数を誇る図書館が挙《あ》げられた。

規模は学校施設のおよそ四分の一近くに及び、施設の広さだけではなく博物館に陳列されるような稀覯《きこう》本や、史料的価値の高い図書も数多く精力的に収集・所蔵《しょぞう》していた。

大学創立以来の積極的な収集活動に伴い広い所蔵スペースが必要になり、一般校舎とは独立して建てられていたために増改築が繰り返され、現在は地下二階地上三階建てのこの本館と旧館、そして南館の三棟で構成されている。

一番新しく建てられた本館も建築年数は相応に古く、現在は新図書館の大規模な建築計画が進められていた。かつては教授達の研究室もあって賑《にぎ》やかだった本館だが、新校舎から遠いために現在は殆《ほとん》ど物置代わりになっている。

そんなことから本館の建物は大きくても老朽化で実際は殆ど使われていないため、夏休み前頃まで幽霊が出ると学生間で長い間噂《うわさ》としてまことしやかに囁《ささや》かれていた。

その噂が鎮火したのと入れ違うように、後期に入ってからまた新しい幽霊出没の噂が流れ始めている。

図書館の閉館三十分前くらいから今は使われていない本館の二階の一部と三階をまわり、幽霊を一目見ようと空き教室にやって来る学生の退出を促すのが、佐久間に任されたアルバイトだった。

依頼者は図書館長代理の肩書きを持つ考古学担当の講師、シノこと橘高忍《きつたかしのぶ》である。本館の施設は図書館関連だけではないが、研究室が新校舎へ移った際本館全域を図書館管轄にしていた。

兄の友人であるシノとは、大学の講師と学生という間柄よりも先輩後輩としての関係が深い。そもそも佐久間にこの大学へ進学するように勧めたのはシノだ。

「…まあ、俺だと気軽にこき使いやすいんだろうけどねえ。まさかこんなに見学者が多いとは。確かに保安上困るだろうなあ、これだと」

館長代理のシノの憂慮《ゆうりょ》ももっともで、この大学は元は女子大なことから今でも学生は女性のほうが多い。大学はきちんと防犯対策をしていると、子供を預けている保護者に対してパフォーマンスする必要があった。

佐久間はシノからついでにとばかりに噂の沈静化も依頼されている。

勿論《もちろん》施設には閉館後警備員も巡回しているのだが、彼らに学生を追い出させるよりも佐久間のように同じ学生に退出を促させたほうが波風が立たないというのが、今回の彼の雇用に至った理由だった。

高校生の頃からさまざまなアルバイトを経験している佐久間にとって、今回のこれは自分向きの仕事だという自覚がある。実際想像以上に多かった見学者に対し、明るく物腰柔らかな佐久間のそつのない対応でトラブルが発生したことはバイトを始めてただの一度もない。

『お前なら人あしらいも巧《うま》いからな。そんなところは兄貴に似てるな、やっぱり』

そう言ってシノは、佐久間に念押ししたのである。

再燃したこの幽霊出没の噂は、佐久間の兄の仕事に大いに関係があったからだ。

「兄貴をひきあいに出されたら、断りにくいの判ってて言うし…俺には渡りに船だけど」

そう言って人の気配のない本館の廊下を歩く佐久間は一言で言えば、正統派のハンサムで精悍《せいかん》だが整った中にどこか甘さのある顔立ちをしている。かといって整形と疑われるような、人造的な端正さとも巷《ちまた》で表現される草食系の優男とも違う。

佐久間は恵まれた自分の容姿を鼻にかけるようなタイプではないし、中学・高校時代は運動部に所属していたことから親分肌で周囲の面倒見もいい。そんな理由もあって、同年代だけではなく先輩や後輩達にも慕われ、女子以上に多くの男友達が彼の周囲にはいた。

高校一年生の時に交通事故に遭って長期入院し、留年が決まった時も大勢の友人達が新クラスまで押しかけ、一緒に卒業出来ないことに泣いて騒ぎになった逸話《いつわ》まで持っている。

同様に佐久間の兄は彼とよく似た男前で、俳優を生業《なりわい》にしていた。恵まれたのは容姿だけではなく、その演技力も高く評価を受けている。

舞台を中心に活動していたが、近年はその舞台で培《つちか》った演技力が評価されて海外での仕事が多く、今の若手東洋人の悪役《ヒール》といえば彼の名前が必ず挙がるほど知名度は高い。

日本へはその評価が追い風となり、逆輸入という形で人気が上がっている。

秘密にしているわけではないが日本では鷹来嶺至《たかぎみねよし》という芸名を使っているので、佐久間が実弟だと気付く者は多くはない。

そのうえ顔立ちが似ていても、普段の表情から受ける印象が全く違っている。

その兄・本名佐久間嶺至《れいじ》が主演した映画が、先月公開されて話題になっていた。

映画は幽霊を題材に扱った恋愛モノであるが、内容が以前からこの大学にあった幽霊の話とかなり似ていたのである。

「取り壊しが決まっている古い図書館、なんて場所自体映画とそっくりだもんなあ」

主演の嶺至が日本人であったことなどから、この大学の幽霊話を知っていて脚本に携わったのでは？　という半ばこじつけのような話を放送したのはテレビが一番最初だった。

勿論それもテレビ側から見ればプロモーションの一環に過ぎなかったのだが、大学の幽霊話を知っている学生達の…特に女子学生の間で大いに話題になった。

結果として、図書館の通常閉館時間である夜の九時前後に幽霊がいないかと見に忍び込む者が増えてしまった、という流れである。

「さすがに三階は人が少ないな」

二階は一部が図書館として使われているので比較的人が多いのだが、三階になると廊下以外照明も落とされて人の気配がない。

佐久間はここへ来るまでに何人かの見学グループと遭遇したが、会ったのは全て二階だ。

「幽霊を見に来るなら二階よりもこの階だと思うんだけどなあ」

こうして歩く夜の校舎は独特の静けさがある。

殆ど使われていない階なので埃《ほこり》やカビの匂いなども混じって、廃墟的な雰囲気が増していた。そして佐久間はその雰囲気が嫌いではない。

「ただの見学者がうろうろするだけなら、まあたいして問題はないんだけどねー」

廊下は明るいが、閉鎖されている教室は真っ暗だ。教室はドアにある嵌《は》め殺しの窓からでしか中の様子は見えない。廊下の明るさに、かえって教室内の暗さが増していた。

幽霊の噂は都市伝説のように先輩から後輩へと、まことしやかに伝わっていたものだ。

図書館の閉館後に出没し、恋を叶えてくれる幽霊。

「ここを使うのは学生だけじゃないからなあ」

この大学も大学図書館の存在意義の一つとして、周囲への地域貢献に力を入れている。図書館に収束する知識・情報を地域住民にも広く提供するために、一部制限を設けながらも近所に住む一般の人々にも大学図書館が所蔵する図書の貸し出しがおこなわれていた。

一般向けの貸出時間は、二部の授業が始まる夕方の六時まで。

だからこの時間までは一般人はいないはずだが、万が一ということもある。

侵入対策として壁などを作って立ち入り封鎖出来れば簡単なのだが、建物の構造上難しい。また美観も大いに損ねてしまうだろう。

今建築中の新しい図書館が出来れば、この建物は取り壊されることが決まっている。

「まあそれまで事故がないようにしたいのは、当然だろうけど…かといって下っ端講師のシノ先輩じゃあ、時間ないだろうし」

彼がこき使われているのは佐久間もよく知っている。その苦労がよく判る佐久間としては、後輩兼年齢《とし》の離れた友人として協力するしかない。

現実問題講師の身でありながら館長代理も任されている彼は、佐久間にバイトを任せなければならないくらい本当に忙しい男だった。

佐久間はややゆっくりと廊下を進んでいく。図書館のフロア以外で誰かに会ったら帰るように促すだけの役目なので、空き教室を開けてまで中を確かめたりはしない。足音も特に意識せず、普通だ。

「…？」

通り過ぎた空き教室に、一瞬光が見えたような気がして佐久間は立ち止まった。

廊下は窓もあるし照明が点灯して明るいが、教室側は真っ暗だ。光はあり得ない。

光源はなんだったんだろうと、佐久間は戻って光が見えた教室のドアに触れる。

「…」

ドアには、鍵がかかっていない。

「シノ先輩の話では、昼間のうちに毎日必ず施錠のチェックをしているはずなんだけど」

開いているなら遠慮なく、と佐久間は乾いた音を響かせてスライド式のドアを開く。

「…！」

突然の佐久間の訪れに、白い影がこちらへ振り返る。

そこには彼よりやや小柄な、痩身《そうしん》の青年が驚いた表情で立っていた。

眼鏡をかけた白衣姿の青年は、ポケットに両手を突っ込んで険しい表情を浮かべている。

「ここ、一般立ち入り禁止ですよ」

大学構内での白衣着用者は修士以上の学生か教員達が殆どなので、一般学生には相手を見分ける目印にもなっていた。

そんな理由もあって、佐久間の言葉遣いも丁寧になっている。

佐久間に問われた白衣の青年は、不機嫌も露《あら》わに眉《まゆ》を寄せた。

「好奇心の見学なら帰れ」

居丈高《いたけだか》な口調は、まるで佐久間のほうが不法侵入者のようだ。

白衣の青年は童顔らしく、整った中に…幼いというよりも少し甘い顔立ちをしている。

聞こえて来たのは思いがけず落ち着いた声音で、見た目の若い印象とは違っていた。

「いやいや、それは俺の台詞《せりふ》です」

佐久間は開いたドアから、彼が立っている教室へ一歩踏み込む。

「お前、誰だ?」

「情報工学一年の佐久間です」

不快感を隠そうともしない相手に対して、佐久間は挑発されて言葉を荒げたりはしない。

入りかけた佐久間は一度廊下に出て、ここが使用されていない教室かどうか確認する。

「関係者以外、ここも入室は禁じられてますよ。一体ここで…」

外を確認したのは横柄な青年の態度が気になったからだが、ここがまだ教授が所有している教室だった場合怒られるのは佐久間のほうだ。見ると未使用扱いになっている。

「じゃあ早く行け、邪魔だ」

佐久間が話す途中で、白衣の青年は再び頭ごなしに吐き捨てた。

「俺は幽霊見学じゃないので、大丈夫です。あなたは？」

「俺もそんなものには関係ない」

「？」

「いえ、訊《き》いたのはそれじゃなくて」

「あなたの名前を」

「…」

青年は険しく眉を寄せると、ぎゅ、と唇をひき結ぶ。

「俺は研究室の者だ」

答えたくないのか、青年は自分の名前を名乗らずにそう告げる。

「研究室？　その人がなんでこの教室に…うわ⁉」

言いかけた佐久間の言葉は、青年の手元からの閃光《せんこう》で遮《さえぎ》られた。

光ったのは一瞬で、ハンディタイプの懐中電灯《ライト》のようだったが、突然自分に向けられた眩《まぶ》しさに佐久間は思わず顔の前に手を翳《かざ》す。

「急に何を…あれ？」

だがその一瞬の間に青年は佐久間の横を通り抜けて、教室を後にしていた。

溜息《ためいき》混じりに見渡しても姿はなく、廊下から遠のく早足の音だけが響いてくる。

「逃げられた…。えー…つまり俺には名乗りたくないってコト?」

問いかけても、返ってくる答えは勿論ない。


…それが佐久間と院生・藤森《ふじもり》貴生《きお》との出会いだった。


「図書館にまた幽霊が出るようになったって本当か?」

翌朝、大学へ来た佐久間は、登校途中で一緒になった友人達の言葉に溜息をつく。

「幽霊は出てない。朝の挨拶《あいさつ》の前に、開口一番それか…」

「お前が夜に本館うろうろしてるって話を聞いたんだよ。足音とか白い影とか見かけた奴もいるって。誰かと幽霊見に行こうって誘ったのか?　それとも彼女に告白?」

佐久間には好きな相手がいる、というのは彼の周囲の友人達は皆知っていた。

知らないのは、その相手が「誰か」と言うことだけだ。

何度訊いても佐久間がのらりくらりと教えないので、実際は告白や交際を申し込まれないための牽制《けんせい》でそう言っているのだろうということで落ち着いている。

「なんでそうなるんだ…違うって、俺はバイト。告白なんかしてないよ」

「バイト?」

他の学生達に混ざり中庭を通って校舎に向かいながら、佐久間は両隣を歩く友人達に自分のアルバイトのことを簡単に説明する。

「使ってないフロアを幽霊探してうろうろしてるのって、今劇場公開してる映画の影響なんだろう? その映画も撮影中、頻繁に霊が出て機械が壊れるから撮影スタッフでお祓《はら》いしたって話だし。主演の鷹来嶺至が凄《すご》い霊感持ちで、撮影中大変だったって」

「…へー」

事情を知る佐久間の相槌《あいづち》は適当だ。

「そうそう。何年か前も鷹来嶺至が出演していたテレビ番組の生放送中に、ちょうど心霊もののコーナーで怪奇現象が起きたよな? 放送中、突然備品が落ちてきた…ツべでもその動画上がってて、今再生数がまた伸びてるんだって」

佐久間を挟んで反対側を歩いていた友人も、そう言って話に混ざってきた。

「俺もつい最近、観たそれ」

ツべとはインターネット上で公開されている動画サイトYouTube《ユーチューブ》の略語で、様々な種類の動画が無尽蔵に利用者からアップロードされている。自分が撮影したものだけではなく、テレビ番組の一部が勝手に編集されたものなども中に多くあった。

テレビからの無断転載なので違法なのだが、想定外のトラブルなど放送後話題になったシーンなどは録画した視聴者から次々とアップされ、興味を持った人々に再生されている。

「でも自分は霊媒体質じゃないって、本人が出演したラジオ番組で否定してたぞ」

嶺至にいわゆる霊感と呼ばれるものがあるのは事実なのだが、煩《わずら》わしいことに関わりたくない彼は自分のその体質や現象そのものを公で否定していた。それを既知《きち》の番組プロデューサーに嵌められたと、本人が放送後に怒り狂っていたので間違いない。

撮影クルーには気の毒だが、撮影に霊障《れいしょう》や怪現象が頻発して迷惑を被《こうむ》ろうが、本人が『そんなものはない』の一点張りで認めていない以上、本人にとっては認識されていない現象だった。実際嶺至も撮影中に起こった怪奇現象に対し、知らぬ存ぜぬを貫いている。

しかしいくら本人が否定しようと嘘であろうと、一度視聴者やファンが抱いてしまった印象は簡単には拭《ぬぐ》えず、それが有名人であればあるほど良くも悪くも顕著《けんちょ》だった。

「でも以前から言われた図書館の幽霊って、本当に出るんだろう？　噂じゃなくて、実際に見たって言っている奴から話を聞いたことがある。少し昔の学生で、着物姿で現れるって」

「だからこの大学に出る幽霊がモデルなんじゃないか、って話になってるらしい」

「はあ？　だって海外の映画だろう？　さすがにそれはないんじゃ…」

間に挟まって話を聞いていた佐久間の言葉に、友人達は声を揃《そろ》えた。

「主演の鷹来嶺至って、脚本にも携わってるって。以前この大学にもロケで来たことがあるらしいから、その時に図書館の幽霊の話を聞いて脚本に影響したかも知れないだろ。だから前からいたこの大学図書館の幽霊が、ある意味本家だって話」

自分の隣で得意気な友人の話に、佐久間は思わず片手で頭を抱える。

「なんだそれ…」

なるほどそんな経緯があるなら噂になって、見に来ようとする学生が増えて当然だ。

おまけに想定以上に興行成績が良く、公開延長が決まったと昨夜嶺至が話していた。当然しばらくはこの騒動も続くことになる。

「映画の内容は、この大学の幽霊が元ネタ！　ってほど奇抜な設定でもないだろう？　日本での公開は決まっていたにしても、どう考えても話題作りのこじつけだとしか…映画のネタがそのままこっちの大学の幽霊の話に尾ひれをつけただけっぽくないか？」

佐久間も試写を観たが、確かにこの大学に出る幽霊の逸話と設定は似ている。だがよくある悲恋もので、この映画のオリジナル色が濃いというほどではない。

「えー、そうかなあ。以前目撃した奴は霊感があって、ヤバイって言ってたんだぜ？」

「そもそもその霊感云々《うんぬん》が怪しいだろう、ての。いるって言われても見えない奴には判らないんだから、嘘か本当かも客観的に証明出来ないいんだからそいつの思い込みの可能性も…」

佐久間を挟んだ友人二人の話は、そのまま映画の話から幽霊談義になっていた。

今はちょうど通学のラッシュタイムなので、多くの学生が中庭を通って登校していく。

ひとりで学校へ来る者もいれば彼らのように仲良く話しながら歩いている学生もいて、だが皆この大学になんらかの関わりがある人々だ。職員達もいる。

仲間意識というのとはまた少し違うのだが、佐久間は自分もまたこのざわめきの一部だと思う、空間を共有している浮遊感のようなそんな不思議な感覚が好きだった。

…その中を逆行するように、一人の青年が校舎から出てくる。

「あれ？」

細身に白衣、そして眼鏡。何となく見覚えがあるその姿は、昨夜見かけた彼だ…多分。何か考え事でもしているのだろうか、視線をやや足下に落としてこちらへ歩いてくる。

「おはようございます」

あと数メートルでぶつかりそうになる前に、彼の道を遮る状態だった佐久間達を避けて迂《う》回《かい》しようとした彼へと声をかけた。

「…」

青年は反射的に顔を上げて佐久間を見たがすぐに視線を外すと、まるで今の挨拶が聞こえなかったかのように無視して横を通り過ぎてしまう。

その表情は佐久間の存在を意識したカケラも見えない。まるで自分が話しかけられたのではない、という態度と表情だ。

その様子に、一緒にいた友人達が不快を露わにする。

「…なんだあれ。佐久間と目が合っただろう？　ガン無視？」

「佐久間、知りあいなのか？　白衣だし、あれ院生だろ」

「いや、知りあいというか…」

確かに目が合ったはずだし、その時に佐久間を認識したようだったが。

「お前を好きな奴に振られたとか？」

「それならこの佐久間がわざわざ声をかけるか？」

昨夜会ったのが佐久間だと判らなかったか、ここで話しかけられたくなかったのか。

「…」

ああでもないこうでもないと今度は推理を始めた友人達をそのままに、なんとなく後ろ髪を引かれて振り返った佐久間が見たのは早足で研究棟へ行く彼の後ろ姿だけだった。


一向に見学者が減る様子がない報告を受けた学生課は、立ち入り禁止の強化を実施した。改めて図書館横の階段に警備の強化の旨の貼り紙をして、夕方から閉館時間までの間階段の上がり口に警備員をひとり増員配置したのである。

とはいえ建物はL字型の構造で、階段は警備員がいる正面エントランス以外にもあり、厳密にはここで完全に侵入を防げるわけではないので牽制以上の効果は期待出来ないだろう。

それでも、物見遊山《ものみゆさん》の軽い気持ちで来ようとしている者達には充分効果があった。

「じゃあ、佐久間は今日も見まわりに行くんだ？」

「まあな」

半分投げやり口調の佐久間に、返却された図書を本棚に戻しながら彼の友人である近江《このえ》楓《ふう》理《り》は苦笑いする。

楓理は図書館でアルバイトをしているので、佐久間は時間潰《つぶ》しに彼の手伝いをしていた。

現在の図書館のトップは館長代理を務めているシノで、今回の佐久間のバイトについても司書スタッフに通達済みだ。もともと佐久間も楓理と共に一時期ここで蔵書整理のアルバイトをしていたので（そういえばこの時もシノの差し金だった）スタッフ達とも顔見知りな分、居心地も悪くない。佐久間もただいるだけではなく、率先して業務を手伝っている。

佐久間と楓理は高校時代、同じクラスになったことがきっかけで親しくなった。

楓理と一年の年齢差はあっても、物怖《お》じしないさっぱりとした性格の彼とは気が合い、高校在学時代の三年間ずっと共に過ごしている。

とはいえ、学部は違うが彼と進路先の大学が一緒になったのは恵まれた偶然だ。

そして楓理と臨時講師のシノは、佐久間とはまた別の意味で親しい間柄を築いている。

佐久間が二人の秘密の間柄を知っているのは、たまたまそのきっかけとなった事件に関わっていたからだ。楓理が何故シノを求め、シノもまた彼を抱き締めるに至ったのか…その事情を知る佐久間は彼らの関係に対して全面的な協力者だった。

「幽霊の噂が消えかけてもまた浮上してくるのは…あ、もう時間か」

フロアにかけられている時計が、静かで控えめな音楽で午後八時を告げる。

「見まわり行ってくる？」

「シノ先輩からはバイト終了の通達来てないからな。帰りは一緒に帰ろう」

「判った、行ってらっしゃい」

楓理に見送られた佐久間は図書館を後にして、階段に立つ警備員に声を掛けてから二階へ上がる。警備員の話だと、少し前に男女組の学生が階段を使ったらしい。

常灯されている廊下を今日はわざと派手に足音をたてながら、佐久間は歩いて行く。

「あ、ホントに片付いてる」

楓理が話していた通り、幽霊の新スポットの教室は以前あった備品が全て撤去され、室内はがらんと何もない状態にされていた。

以前は施錠していたが何度も鍵を壊されてしまっていたので、ドア自体も外されている。

「徹底してるなあ。これだけオープン状態なら、幽霊も面白くないだろうなあ」

こういう時の行動力はいつも迅速な大学だ。

「…だからシノ先輩が忙しいんだとは思うんだけどね」

自ら望んで臨時講師の席に甘んじているが、その分彼は大学の中のことをよく見ている。

そして改善するための機動力も、彼には備わっていた。

だから時として佐久間も巻き込まれ彼の手足として働かされたりするのだが、こき使われるのは今更だし、シノの苦労を知っている分力になりたいと思う気持ちのほうが大きい。

「…」

昨夜とはうってかわって、今夜は建物の中に人の気配がしない。厳しい処罰がある旨の忠告の貼り紙と、警備員が相当に威力を発揮しているようだ。

「そうか。考えてみれば、絶好の場所だよな」

なるほど、と人気のない廊下を歩く佐久間は納得する。シノが懸念しているのは幽霊ツアーに伴う悪戯《いたずら》や備品の被害などではなく、犯罪の発生だ。

今は使われていない、だが容易に侵入しやすい人気のない教室。

使われていない教室は全て施錠されているが、ドアを開ける方法はいくらでもある。

「暗闇《くらやみ》だから、ここに隠れて彼女とイチャついたら面白そうだし」

自分でも容易に考えつくくらいなのだから、他にも同じことを考える者はいるだろう。

学校は閉鎖的な空間でありながら、常日頃他の誰かがいて当たり前の場所だ。だから誰もいないと尚更《なおさら》、何か特別なことをしたくなるような…不思議と妙な劣情を煽《あお》る空間に感じてしまい、絶好の密会《デート》場所として一度は使ってみたくなる。

ラブホテルへ行くお金が勿体《もったい》ないのではなくこういう場所のほうが刺激的《スリリング》な分、相手が普段よりも大胆になってくれたり、気持ち的に妙に盛り上がったりする効果もあった。

背徳感がそうさせるのだが、ちょっとしたゲーム的な愉《たの》しみとも言える。

三階に上がると、廊下の途中から押し殺した女性の独特の濡《ぬ》れた声が聞こえてきた。

「あー…なんだ、早速盛り上がってんなぁ。どこからだろう」

三階は片付けが終わっていない、倉庫代わりの前研究室がまだいくつか残っている。

研究室には古い什器《じゅうき》もそのままに残されていることもあるので、ドアを開けてもすぐに現場を見られずに済む。内部屋もあるし、人目を忍んで淫《みだ》らなことをするなら絶好の場所だ。

「…」

壁越しに場所を確定した佐久間は、そっと該当《がいとう》の準備室のドアに手をかけた。内側から施錠出来るはずだが、ドアは佐久間が手を差し入れた分だけ無音でスライドする。

途端、ダイレクトに女性の嬌声《きょうせい》とお楽しみ中の男の声が中から飛び出すように響いた。

ここへ来る時に警備員が教えてくれたカップルだろうか。

佐久間は小さく息を吐いてから、なるべく派手に聞こえるようにドアを蹴《け》る。

「…!」

派手な音が響くのと同時に、中から聞こえてきた男女の声がぴたりとやんだ。

「お楽しみ中ところ邪魔したくはないんですが、廊下まで声、響き渡ってましたよー。巡回の警備員がこっちへ向かって来てるんで、早くどうにかしたほうがいいと思いますが」

「…えっ、嘘！」

「うわ」

佐久間の忠告に、カップル達が慌ただしく身支度を始めたのが判る。

相手が誰かなんて見たくもない佐久間は、身支度もそこそこに慌てて廊下へ飛び出して来た彼らに背中を向けたままエントランスとは反対側の階段を指さした。

「帰るなら、あっち側からどうぞ。向こう側には人がいませんから」

カップルは佐久間の親切に礼を言うことなく、指し示された方向へ駆けていく。

肩越しで見えたその後ろ姿は、上の学年の学生同士だったらしい。

「あぁ…相手が学生と教授の組み合わせとかじゃなくてよかった」

胸を撫《な》で下ろした佐久間は、他に誰もいないか確認するために中へ入る。

暗いので照明を入れ、さらに什器に隠れるようにしてある続き教室のドアも開く。

「…！」

「あれ？」

そこには、腰を抜かしたような格好で白衣姿の青年が座り込んでいた。

昨夜出会い、そして朝に佐久間を無視した彼だ。

「こんなところで何を…あ、覗《のぞ》きでここにいたんですか？　もしかして昨夜も同じ理由であんな場所に？」

ストレートな佐久間の質問に、白衣の人物…藤森は耳まで紅潮させたまま声を荒げる。

「違う…！　彼らが後から忍び込んで来たんだ！　誰が他人の性交なんか覗くか」

「性交…ストレート過ぎる。いい趣味かと思ったんですが。…立てますか？」

「…」

逆光で佐久間の影を浴びながら立ち上がろうとしない藤森へ手を差し出すと、彼は意外にもその手に応じた。

佐久間はその手をしっかりと握り返してスマートに藤森を立ち上がらせ…勢いをつけて自分へと強く引き寄せる。女性のように軽く、そして想像以上に細い肢体だった。

「な…!?」

抱くように引き寄せた佐久間は、そのまま彼の股間《こかん》へ手をのばす。ズボン越しにてのひらに感じたのは、男の自分がよく知るもの。

「何をする！」

「おっと」

突然の不埒《ふらち》な手を乱暴に払いのけ、その勢いのまま殴ろうとするのを佐久間は苦もなく避けた。抱き寄せていた腕をゆるめ、彼の体もすぐに解放する。

「すみません。…もしかしたら女性かと思って確認を」

「俺は、男だ…！　性別を確認するなら、直接訊けばいいだろう！　それに万が一俺が本当に女だったら、今のは猥褻《わいせつ》行為だ」

反応の様子から、性別を間違えられるのは初めてではないらしい。殴られないように軽く一歩後ろへ下がった佐久間は、降参の代わりに両手を広げたままだ。

「いや、もしかしたら俺の問いには応じてくれないかと思ったんで。…やっぱり男ですね、フツーに反応してますね。もしかして、最初から生現場を一部始終？」

「…！」

人差し指だけを立ててみせた佐久間のジェスチャーに、藤森の肩が跳ねる。怒りか羞恥《しゅうち》か唇がわなわなと動くが、言葉が続かない。

「エロいの見るなり声を聞くなりしたら、勃《た》つのは健全な反応だと思いますけど。…何か言うなら、深呼吸してみては？　待ってますから」

佐久間のアドバイスに、藤森は過呼吸の人間がそうするように深呼吸を数回繰り返してから声を絞り出した。

「…先に、いたのは、俺だ。…彼らが、俺に気付かずに勝手に始めたんだ。出るに出られなくなって、強制的に見せつけられたこっちの身にも、なれ…！」

「羨《うらや》ましい？」

「違うだろう！」

「覗きじゃないなら、先輩はここで何をしていたんです？」

こんな真っ暗な部屋に、一体何の用があるというのか。

「…」

だが相手は途端に黙り込んでしまう。

「教えてくれなかったら先輩の股間、もう一度摑《つか》みますよ。ついでに揉《も》みますよ」

「…っ」

教えて貰《もら》うまで諦《あきら》めそうにない佐久間を、藤森は忌々しそうに見上げる。

佐久間はそんな彼を正面から静かなまなざしで見つめたまま、今度は人差し指を立てていた手をグーパーと広げて見せた。

「お望みでしたら、この手で抜いて慰めても。覗き以上に、感じるように」

「そんなものは望むか…！　調べて、いたんだ」

「覗きの？」

「お前はどうしてもそこへ持っていきたいのか…。俺は、心霊科学研究室の者だ」

「…」

佐久間は無言でいることで、相手から再度の説明を促した。

無言は説明不足による不満と受け取った藤森は、渋々と先を続ける。

「…幽霊の研究をしている。科学的に幽霊を解明しているんだ」

「それでこんな時間に徘徊《はいかい》してるんですか？」

「徘…そうだ」

徘徊、という言葉に一瞬不快そうな表情を見せた藤森は頷《うなず》き、羽織っていた白衣のポケットからライトを取り出した。おそらく昨夜は、このライトで目くらましされたのだ。

それから小さな、計器らしきもの。形はスマートフォンを改造したように見える。

「幽霊を、科学的に証明するための研究をしている。ここは幽霊が出るスポットらしいから、現れるのを待っていたんだ」

「もしかして先輩、霊感あるんですか？」

途端、藤森はなんとも言えないまなざしを佐久間に向ける。

「あったら研究材料《データ》の採取に困ったりしない。自分だけ見えているものでは、証明にならない。そんなもの、幻覚と一緒だ。数値のように、誰が見ても同じ認識が出来なければ」

「つまり、えーと。それって…」

言いかけた佐久間の声は、背後からのノックの音にかき消された。

それと同時に、二人がいた部屋に照明がつく。

現れたのは、警備員ではなく講師のシノである。

シノはよれよれのシャツに白衣を羽織り、足下はつっかけだ。ややクセのある前髪に野暮ったい眼鏡をかけているので、普段から素顔は殆ど見えない。

ドラマで見かけそうなくらい、絵に描いたような『冴《さ》えない大学講師』そのものの姿だが、学生からの評判も大体見た目そのままで通っている。

少しはその身なりに気をつければ幾分ましかもしれないのに、普段からそっちのほうへの興味がないようだ。当然女子にモテにくい。

「お前達、そこで何やってるんだ？　あ、もしかして逢《あ》い引き？」

佐久間とほぼ同じ次元《レベル》のシノの言葉に、藤森は今度こそ本気で呆《あき》れた溜息をついた。

「こいつ、先生の教え子ですか？」

挨拶もなく行儀悪く佐久間を指さす藤森に、シノは笑いながら頷く。

「そうだよ」

正確に言えば佐久間はシノの授業は受講していないのだが、面倒なのでそういうことにしたのだろう。正直に間柄を説明する必要もない。

「あぁ、だからなんですね。自分の教え子なら、ちゃんと躾《しつけ》といてください」

藤森の嫌味にも気付かない様子でシノは笑ったままだ。

「あれ？　ってことは、これにセクハラでもされた？」

「！」

掃いたように頬《ほお》を染めた藤森を意外に思いながら佐久間が横から口を挟む。

「シノせん…先生、今の絶対嫌味だと思いますよー」

先輩、と言いかけて佐久間は言い直す。

「俺を責めるより、お前、彼にナニしたのよ…先輩の院生だぞ」

「判らなかったので、股間を握って性別を確かめました。それより先生、ご存じならこの白衣の先輩、紹介してください」

悪びれもせず正直報告をされ、溜息をついたのは藤森よりシノのほうが先だった。

「お前…あー、待って待って」

二人の会話中、そろそろと静かに出口へ移動しようとしてた藤森の腕をシノは摑まえると、そのままやんわりと自分のほうへ引き戻した。

自分を引き留めた妙に上品な所作《しょさ》に、藤森は逃げるタイミングを逸《いっ》してしまう。

「ちょ、先生…！」

「まあまあ、これ以上？　あいつに破廉恥《はれんち》なことはさせないから大丈夫」

「先生…俺はこいつが誰でも、生きている人間に興味はありませんから」

そう言って藤森は逃げようとするが、意外にもシノの腕は強くふりほどけない。

「先輩、俺の名前はこいつじゃないですよー」

佐久間の訴えを無視し、シノは穏やかな笑顔のまま続けた。

「そう言わずにもう少しだけ。佐久間、彼は藤森貴生君。科学を極めるため修士課程で勉強してる、真面目な頑張り屋さん。今年二十三歳…くらいだっけ？」

「…そうですけど」

「じゃあ佐久間とは三歳差だな」

シノの笑顔は不思議と相手の緊張を和らげる作用がある。以前からシノを知る佐久間から見れば、彼の笑顔は胡散《うさん》臭いことこの上ない…のだが。

名前を教えて貰った佐久間は確認をするように頷くと、改めて藤森へと向き直った。

「藤森先輩、恋人いますか？」

「は？」

脈絡のない突然の問いに面食らう藤森へ、佐久間は続ける。

「先輩今恋人がいないなら、俺とつきあってください。俺は一年の佐久間と言います」

改めて自己紹介したのはこの様子では名前を覚えていないかも、と思ったからだ。

「…」

一瞬の沈黙の後、短く息を吸い込んだ藤森は、耳まで紅潮させながら声を荒げる。

「お前、からかってるのか⁉　俺は、男だ！」

「えっ⁉　からかってません、さっき確認したので男なのは判ってます。俺は大真面目で」

何故激昂《げきこう》しているのか判らない佐久間の頬に、藤森の右手がヒットした。

教室に響いた音に、傍らに立っていたシノが思わず溜息をつく。

「佐久間、バカだろお前…」

音は派手だが威力は女子並み以下で叩かれ、佐久間は痛くない頬をさすった。

「俺、何か変なこと言った？」

「‼　自覚がないなら、死ね！」

過激な言葉と共に佐久間へ蹴りを入れようとする藤森を、シノが慌てて押さえる。

「待て待て…！　藤森君、大学構内で問題はもう勘弁して」

寸前で蹴りを邪魔された藤森は、八つ当たりの矛先《ほこさき》をシノへ向けた。

「先生も！　自分のトコの学生なら、言っていいことと悪いことの区別もつかない奴を野放しにしていないでください！」

嚙《か》みついた藤森の言葉に応じたのは、シノではなく佐久間だった。

「…なあ。つきあってください、って言うのって。そんなに失礼な言葉？」

それはいつもの、静かな佐久間の声だ。問われた藤森は佐久間の言葉に蹴ろうと上げていた足を床へ降ろすと、自分よりも背の高い年下の佐久間を見上げる。

「少なくとも、同性の俺に対してその言葉は侮辱《ぶじょく》ととる」

佐久間は射貫《いぬ》くような藤森のまなざしを真っ正面から受け止めたまま、首を傾《かし》げた。

「どうして？　俺は先輩を侮辱するつもりで言ったわけじゃないですよ」

「…！」

本当に理解出来ていないらしい佐久間に対し、藤森は驚きに目を僅《わず》かに見開く。

その驚きに困惑した顔をシノへ向けると、彼は申し訳なさそうに数回小さく頷いた。

「まあ佐久間はこういう奴だよ、藤森君。悪気はない」

「…悪気があったら、もっとタチが悪いと思います」

「とりあえず佐久間、いきなりそんなこと言われても彼も困ると思うが？」

自分へと話を振られ、佐久間は頬を膨らませる。

「でもシノ先生、俺は『まずはお友達から』なんて言う気はありませんよ？　藤森先輩と友達になりたいわけじゃないですか…痛《て》っ」

そんな佐久間の額を、シノは容赦なく指で弾《はじ》いた。

「人それぞれ価値観や受け止めかたが違う、って話だよ。お前に含むことはなくても…」

「含むどころか、下心満載で藤森先輩に交際を申し込んだつもりですが」

何故か威張り気味で言い返す佐久間へ、シノは渋い表情で手を広げて制す。

「人がせっかく穏便《おんびん》にまとめようとしてるのに、正直話でこじらせるな。お前の下半身事情の報告はいいの。言葉も同じで、相手によって受け取られかたが違うだろ、ってこと」

「それなら、どう言えば？」

「知るか。少なくとも、ほぼ初対面の相手に対して突然の交際の申し込みへの藤森君の返答は妥当《だとう》だと俺は思う。彼は男性で、お前も男だ。言われても困るだろう」

「…」

ようやく摑んでいた腕を離しながら自分の気持ちを代弁してくれたシノの説明に、藤森は小さく肩から力を抜く。とりあえずこの講師は話が通じそうだ…今のところは。

だがこれ以上、話が面倒になるのはごめんだった。

「…佐久間が俺に対して、侮辱のつもりで言った言葉ではないことは判った」

「じゃあ」

「話は断る。俺は男と恋愛するつもりはない」

「ど…」

「どうしてなのかと理由を訊かれるから言うが、俺はお前のことを何も知らない。どんな人間か判らない以上、つきあってくれと言われても判断しようがない」

「それなら俺がどんな人間か判ったら、考えてくれますか?」

前のめりになる佐久間へ、藤森は再度はっきりと首を振った。

「言っただろう? 俺は生きている人間には興味がない。だから相手が誰であっても、恋愛するつもりはない。理由はそれだけだ」

話はそれで終わりだと、藤森は踵《きびす》を返して部屋を出て行く。

見送った彼の控えめな足音が聞こえなくなる頃、シノが小さく溜息をつく。

「…お前なあ、ちょっとは状況考えろ」

「えぇー…俺、そんなに変なこと言いました? 少なくとも男同士だから駄目、とは言われませんでしたよ？　今。だから可能性はありそうでしょ」

「個人《お前》の性的志向だから、侮辱ではないと判って差別的な言葉を遠慮したんだろ。それくらいは向こうが大人だ、ってこと。しっかし、お前の好みって本当に判りやすいなあ」

「ヒトにこんなバイト押しつけておきながらよく言いますよ。…我ながら呆れるくらいの面食いだ、というのは自覚ありますけどね。近くで見ると、凄い美形」

正直な佐久間に半分は感嘆、半分は呆れてシノは肩を竦《すく》める。そして煙草を吸おうとして、ここでは吸えないと気付き渋々再び白衣の中へ煙草をしまい込んだ。

「彼にしたら、お前との遭遇は災難だっただろうなあ」

しみじみと呟《つぶや》くシノへ、佐久間は唇を尖《とが》らせる。

「先輩、自分が心霊科学研究室の者だって、昨夜会った時は教えてくれなかったんですよ」

「そうなのか？　ちゃんとした研究室だよ。幽霊の研究してるんだって」

この大学は数年前の大改革に伴い、新設したいくつかの学部と研究室がある。その中にあった比較的新しい研究室だ。

「幽霊を科学的に証明するって言ってました。またお金にならなさそうな研究を…」

見た目に反して現実主義の佐久間のあんまりな言いように、シノも苦笑いになった。

「未知への探求心が明日の科学の解明に繋《つな》がるんだから、これからの分野だって言ってくれよ。まだ研究費も多くはないし、早く実績を作りたいんだろう。こういった分野の研究は成果が出るまでに長いスパンが必要だけど、早いに越したことはないからな」

「実績ったって…途方《とほう》もない気が」

「そうそう…で、どう？　バイト続けられそう？　見まわりと、噂の沈静化」

軽い口調で問うシノへ、彼が去ったドアを見つめていた佐久間は顔を上げる。

「勿論。だから応援して下さいよ。バイト代、はずんでくれる約束ですよね？」

「それはお前次第ー…痛っ」

佐久間は生返事のシノの背中に、軽く拳《こぶし》を沈めた。


「あれ？」

シノに奢《おご》らせるために楓理を誘い夕食を終えて帰宅すると、珍しく部屋が明るい。

「おかえり」

ドア越しから帰ってきた佐久間に声をかけたのは、この部屋《マンション》の家主である兄の嶺至だ。

この部屋は都内にある嶺至の持ち家で、間取りは５ＬＤＫ。今は海外の仕事が多いため、大学進学を機に同居を始めた弟の佐久間に留守を任せている。

都下にある桜橋大学へ通うには遠い場所だが、実家から通うことに比べたら精神的にないに等しい苦労の距離だ。同様に兄の嶺至もまた実家を嫌い、卒業式に弟を迎えに行った時も自分が家を飛び出して以来だった。

「今夜は早いんだな。夜通しで収録の仕事が入ってたんじゃなかったのか？」

声が聞こえたリビングに向かうと、嶺至はヘッドフォンを首にかけたままカウチソファに仰向《あおむ》けになって胸元で広げた脚本をチェックしていた。

「予定《しごと》が急にキャンセルになって、少し前に帰ってきた。飯は？」

「シノ先輩にゴチになって食ってきた。兄貴もコーヒー飲む？」

「んー」

リビングと続いているダイニングの椅子に鞄《かばん》を置いた佐久間は、自分の分と嶺至のコーヒーを淹《い》れてソファに向かう。

「兄貴…まさかそれ、全部受けるのか？」

横になっているソファの横に置かれたサイドテーブルには、様々な脚本と企画書が依頼状と共に文字通り山積みになっていた。どうやら兄はこれのチェックをしていたらしい。

「まさか、殺す気か。目を通すだけだよ」

嶺至がコーヒーを受け取るために体を起こした傍らに、佐久間も腰を下ろして座る。場所を空けてくれたソファに座ってもいいのだが、嶺至の足下が佐久間の定位置だった。

座った位置の差はあるが、こうして兄弟二人並ぶと彼らの面差しはよく似ている。

笑うと特に似ていて、兄の嶺至のほうが切れ長の目元で凜々《りり》しい分禁欲的《ストイック》な印象があった。カメラやフィルム越しに見る『鷹来嶺至』はその部分がより誇張《こちょう》され、結果的に弟の佐久間とは間柄を知らなければ実の兄弟だと気付かれることは殆どない。

経済的な意味ではなく家庭環境に恵まれなかった分この兄弟はとても仲が良く、年齢の離れた嶺至は佐久間にとって実の親以上に頼りになる存在でもあった。

高校卒業と同時に佐久間をこのマンションへと招いたのも、嶺至からである。

兄が忙しい分佐久間が家事を担当していたが、勿論強要されたわけではない。

そもそもこの兄は普段から仕事で忙殺され、自宅にいる時間はいつもわずかだ。

デビューしたのは日本だったが、嶺至は海外で開花した俳優だ。それまでは契約に縛られて、ほぼ飼い殺しにされていた日本での扱いを知っている弟としては素直に喜べない。

海外での多くの賞を得た途端、引く手あまたのこの扱いだ。

「海外で成功した途端、オファーの嵐で、手のひら返したその態度。腹立たないもん？」

「覚えておくがいい弟よ、人はね、景気のいい時にしか近付いて来ないものなんだよ」

諭し口調の年齢の離れた兄の言葉に、佐久間はカップを傾けながら苦々しく頷く。

「苦労を経験した者ならではの至言だな」

「だろ？　…ところで仁」

「？」

呼ばれて顔を上げると、嶺至が屈《かが》み込んでまで顔を覗き込んでいた。

「お前、受難の相が出てる」

「うえっ」

ぼそりと呟かれた言葉に、佐久間は眉を寄せる。兄のこの手の忠告は、ほぼ予言に近い。

「最近、新しい知りあいとか出来ていないか？」

言われ、咄嗟《とっさ》に思い浮かんだのは白衣姿の藤森だった。

「なんでこんな日にピンポイントでそんなこと言うんだ？　仲良くなろうと思ってる人がいるのに。シノ先輩からもバイト頼まれてるとこだけど」

珍しい弟の言葉に興味を覚え、兄はさらに屈み込んで顔を窺《うかが》う。

「お前、相変わらずあいつに変なバイト押しつけられてるのか」

佐久間は嶺至にシノから依頼されたバイト内容を簡単に説明する。

嶺至は弟の話を聞きながら、再び企画書に目を通し始めた。

「まー、それはご苦労様」

「あれ？　反対しないのか？」

「俺が？　しないよ。どうなるか、なんてお前が一番判ってんだろ？　一応忠告しておくけど、ミイラ取りがミイラになるなよ？」

そう忠告した嶺至は、励ますように弟の頭をくしゃくしゃと撫でた。

少し遡《さかのぼ》って。

佐久間から逃げるように本館を離れた藤森は、自分の研究室の扉を閉めるのと同時に深く息を吐いた。

「…っ」

新校舎と同様に研究棟も建設されたが、この施設が最も図書館本館に近い。

名前の通り研究者や院生が多くいるこの研究施設の建物は『不夜城《ふやじょう》』と呼ばれ、夜遅くまで明かりが消えなかった。夜間の図書館利用者も、院生達が多くを占めている。

藤森は一度の深呼吸だけでは足りなくて、ドアの前で数回荒い呼吸を繰り返す。

図書館からここへ来るまでの間、まるで息を止めていたような気分だ。

無意識に急ぎ足だったせいもあるだろう。

「なんだって言うんだ…」

半分八つ当たりのような気持ちで誰ともなく独りごちた藤森は、自分の髪を軽く掻《か》き上げるとコーヒーを淹れるために研究室内にある簡易キッチンへ向かう。

建てられたばかりの研究棟にあるこの研究室は内ドア続きの二間で、実験装置も設置可能な広さを持っている。研究内容と規模で言えば必要以上に大きな部屋を与えられているのは、この部屋の責任者が大学の理事会にも影響力を持つ古参の教授だからに他ならない。

一応それらしい機材は設置されているがそれでも充分に広く、シンクのあるこの実験室は来客用のソファも置かれ、現状は客間兼キッチンとして主に使われていた。

お湯を沸かす電気ポットの音が、静かな研究室に響く。

「あいつ、佐久間というのか…」

佐久間は入学当初から、大学構内で何度か見かけている。

きっかけは五月を過ぎた頃に彼が図書館で学生アルバイトを始めたからだが、新入生の中でも佐久間は特に目立っていたので否が応でも目を惹《ひ》いていた。

そして佐久間の周りには常に人がいて、いつも笑っている姿が印象深い。彼へと声をかけるのは男ばかりではないし、あの容姿と人当たりのよさなら、女性にもモテるだろう。

遠目で見ても、彼がキャンパスライフを楽しんでいる様子が伝わってくる。

改めて図書館でのことを思い出し、藤森は思わず溜息が零《こぼ》れた。

「それがなんで俺…いやむしろ、男に…」

…まさか、彼は自分の噂を知っているのだろうか？　そんな思いが一瞬脳裏を過《よぎ》る。

「いや、もし知っていたらあんなことは言わないだろう」

告げる言葉はもっと下卑《げび》たストレートな欲求のはずだ。藤森は嫌になるほど聞いている。

だが佐久間は真《ま》っ直《す》ぐに自分を見つめていた。そこには藤森を値踏みするようなことは何一つなく、むしろ心の中を見透かすような瞳だった。…口にした言葉は、ともかく。

そのまなざしを正視出来ずに、殴ることで彼の視線から逃げたのは自分だ。

佐久間を見かけることはあっても自分と交わる機会があるなど、藤森は思いもよらなかった。まさか目が合い、言葉を交わすほど近くに来るなんて。

「まあもし、知らなくても…すぐに誰かが親切にあいつに教えて、俺の噂を聞くことになるだろうし。話を聞けば俺に声をかけることもしなくなるだろう」

同じキャンパスにいても、佐久間と自分とはあまりに対照的な存在だ。

そして、彼から自分に触れて…場所はともかく、だが…てくるとは。

思い出した藤森は、恥ずかしさと腹立たしさに小さく呻《うめ》く。

「しかもあいつ、触り慣れてるだろう…あれは」

佐久間が自分自身へと触れた時、仕種《しぐさ》に躊躇《ちゅうちょ》もぎこちなさも全くなかった。あれは相手の性別はともかく、そういう経験を重ねて体がどう動くのか知っている者の手だ。

佐久間が言っていたとおり、暗闇でおこなわれていたあんな行為を目の当《ま》たりにして反応しない男はいない。視覚と聴覚の情報は暗闇で敏感になり、本能に正直《ストレート》に反応する。

その矛先をたまたまあの場所にいた自分に向けただけに過ぎない、藤森は佐久間の行動をそう判断した。…佐久間という男をまだ知らない藤森は、そう判断する以外なかった。

「貴生？　帰ってきたのか？」

佐久間のことで思考を奪われ、上の空だった藤森はその声に我に返る。

「…！　はい、教授《せんせい》」

隣室から扉を開けて書類を手に現れたのはこの研究室の長、教授の高畑《たかはた》だった。

高畑は教授達の中でも古参だが、見た目は実年齢を感じさせないほど精悍で若々しい。

生粋《きっすい》の研究者で身なりも正しく、きちんと前髪を後ろへ撫でつけて整えていることもあって、白衣を着ていなければ大学教授と言うよりはどこかの企業の役員のようだ。

ネクタイを締めてインテリ然としているが、彼の性格が滲《にじ》み出て神経質な印象がある。

「今夜は成果があったかい？」

藤森はポットの前で肩を竦めた。

「駄目ですね、人が多すぎます。雑音も入るし…」

「そうか。まだ、映画の影響があるのかな」

「見に来ている学生も減ってませんでしたし。…教授も、コーヒー飲みますか？」

そう言ってポットへのばされる藤森の指先を、高畑は熱っぽいまなざしで見つめながら首を振った。高畑がどんな目で自分を見ているのか知っている藤森は、わざと顔を上げない。

「私はさっき飲んだばかりだ。…貴生」

「…」

呼ばれてから、藤森は伏し目がちに高畑へと顔を向ける。

「コーヒーを飲んだら私の部屋へ。あぁ誰が来るか判らないから、鍵も忘れずにね」

「…はい」

高畑の言葉に、藤森はもうすぐ沸きそうだった電気ポットのスイッチを切ってしまう。隣室へ戻りかけた高畑がその音に気付いて足を止め、首を傾げた。

「飲んでからでかまわないよ？」

「…いえ、どうしても飲みたいわけではありませんから。すぐ、行きます」

そう応じた藤森の声は緊張を孕《はら》んで硬い。だが高畑はそれに気付いていても、気付かない態度を取れる狡《ずる》い大人だった。

藤森は言われるまま、研究室入り口ドアの鍵をかける。

そしてその足で、扉を開けて自分を待っていてくれる高畑の元へと向かった。

高畑は我が物顔で藤森の腰を抱き寄せると、慣れた仕種で自分の体を密着させてくる。

「あぁ、君は相変わらずいい匂いがするね」

「…」

高畑が陶然《とうぜん》とした声で囁きながら自分のうなじへと顔を寄せても、藤森はじっとしてされるがままだ。藤森はどんな行為でも高畑に逆らうことはしなかった。…それが、この研究室にいられる唯一最大の条件であることは誰よりも藤森本人が理解している。

早く、早くあれを見つけなければ。そう思うのと同時に、もう手遅れかもしれないと思う気持ちも同時に藤森の中に湧き起こるが、すぐに相殺されて脆《もろ》く消えてしまう。

相殺された感情の後に残された想いは虚《うつ》ろで、出来たその空洞を埋めるモノは、ない。

なのに今夜はその空洞に、一瞬何かが過る。

意識するより早く浮かんだ姿は…佐久間だ。何故、今彼の姿が浮かんだのか。

「…っ」

あんなふうに自分に触れたからだ、藤森はそう無理矢理答えを作り上げると佐久間を意識から追い出してしまう。駄目だ、今彼のことを考えては…いけない。

藤森は高畑に腰を抱かれたまま、隣室へ入った。

扉が高畑の手で閉められ、背後で施錠する音が響いても藤森は表情一つ変えないままだ。

鍵は二重に施錠され、彼らが開けない限りもう誰もこの部屋を訪れることは出来ない。

先にソファへ腰を下ろした高畑は、無表情で目の前に立つ藤森へ手をのばす。

「こちらへおいで、貴生」

「…はい、教授」

藤森はキャンパスにいる間はずっと羽織ったままでいる白衣を脱ぎ捨てると、高畑へと自分から近付いていく。その歩みに躊躇は、ない。

「…」

高畑の手が、まるで生き物のように自分の肌に触れて這《は》っていく。

藤森は目を閉じて、世界を闇に埋める。こうすればもう、何も見なくていい。

二人きりの密室で藤森は今夜もまた高畑が満足するまで、己の身を彼に委《ゆだ》ねた。


佐久間は藤森に断られたからといって、はいそうですかと簡単に諦める男ではない。

「とはいえ、どうしようかなあ」

「さっきからそれ、繰り返してるけど。佐久間が悩みごとなんて珍しいね」

次の教室に向かうため、廊下を並んで歩きながら本気で不思議そうに首を傾げる楓理に、佐久間も真面目に頷く。それぞれ専攻が違うので、同じ講義の時にはいつも共にいる。

「兄貴にも同じこと言われたんだよ…普段考えごとをしないから、たまに脳みそ使うと巧くまわらないいんじゃないか？　って。うーん、何日も考えてるんだけど」

「佐久間のお兄さん、相変わらず厳しいんだね。俺じゃあんまり戦力にならないと思うけど、相談にになら乗るよ。…その代わり俺の相談にも乗って欲しいんだけど」

「相談？　楓理こそ珍しい」

頷いた佐久間へ、楓理は照れくさそうに笑う。

「今度ノートパソコンを買いに行くの、つきあって欲しいんだ。…出来れば、早めに」

「それなら今度の日曜日にでも都内まで出よう。あー…もしかして、あの人の海外出張があるから、とか？　スカイプで話をするのに？」

「う…！」

勘のいい佐久間の指摘に楓理は一瞬足を止める。そしてすぐに立ち止まった楓理を気にせず先を行く佐久間へと駆け寄った。

「…どうして判った？」

他に廊下を歩いている学生がいるので、楓理の声は抑え気味だ。

話が聞こえても名前を出さなければ誰のことなのか判らないと思うのだが、こんな部分に彼の用心深さが窺えると佐久間は思う。

「どうしてって…昨夜飯食いながらあの人にスカイプの話を熱心に聞いてたから、そうかもなって思っただけ。海外出張、一週間くらいあるんだろう？」

スカイプとはインターネットを使った電話サービスの一つで、お互いのパソコンにソフトがインストールされていれば特別な設備を介さずに世界中のどこからでも無料で通話が出来る。携帯《モバイル》で通話が無料になるサービスはあるが、多くは国内に限られている。通話料金が高額になりがちな海外の通話を筆頭に、距離が遠方になるほどその機能は効果的だった。

「うん。知りあってこれまでそんなに離れることなかったたし、あったらいいかなー…って」

「パソコン、もう予算決まってるならある程度よさそうなのをピックアップしといてやるから、メーカーとか希望があれば教えて」

「助かる。佐久間がモテるの、判るなあ。佐久間がモテるのは昔から知ってるけど」

「俺が楓理に告白して、あの人とつきあうこともなかったら、俺とそうなってた？」

どこか慎重な佐久間の問いに、楓理は考える様子を見せた後はっきりと首を振る。

「佐久間がもし野郎オッケーでも、多分そうならなかったかな。ちょっと残念だけど」

「だろ？　それが好みというか、運命というか？　俺じゃなくて、あの人だったんだよ」

「…うん。俺はあの人だったから、好きになったんだと思う。性別は障害にならなかったな、自分としてはね。だから佐久間がそのまま俺と友人でいてくれて、本当に安心した。佐久間、本当にそういうことに寛容《かんよう》だよな。羨ましい。モテ具合の違いかなあ」

しみじみ呟く楓理に、佐久間はひらひらと手を振る。

「いや、それは関係ないと思うけど。そんなことで友人をやめたりはしねぇよ」

なんでもないことのように言われた楓理は驚いたように一瞬佐久間を見上げ、頷く。

目が合い、佐久間は笑う。

「…俺は、楓理の味方。いつでもどんな時でも、これからも。恋人は別れたらそれきりだけど、友人は生涯続くからな」

「やっぱり佐久間ってイイ男だ。どうして俺、お前を好きにならなかったんだろう？」

「ねー？　俺達これだけ両思いなのに、恋人同士にならないなんて不思議！」

惚《のろ》けた口調になった佐久間は、ぎゅっと楓理の手を握った。恥ずかしがって手を払うと思いきや、逆に佐久間の手を握り返した楓理は子供のように手を振って廊下を歩き出す。

本人達にあまり自覚はないが、タイプの違う美形の楓理と長身の佐久間の二人が一緒にいるだけでとても目立っている。

なのにそんな愉しい仕種をしてみせれば、さらに人目を惹くのは当たり前だった。

「佐久間、何野郎と手を繋いでるんだよ。新天地開拓か？」

「俺じゃなくて、楓理が握ってるんだよ」

「やだ近江君ー、佐久間と手を繋ぐくらいなら私と繋ごうよ」

「あははは、俺はいいけど、彼氏に叱《しか》られちゃうよー」

顔見知り達から次々にからかい口調で声をかけられても佐久間はいつも通りに躱《かわ》し、楓理は笑いながらやんわりと受け流す。そのどちらも人当たりよく、驕《おご》った不快感はない。

「あ」

次の授業の教室へ向かってふざけて歩くその視界のすぐ先に、藤森がいた。

階段前のフロアで、相変わらずの白衣姿のまま立ち止まってこちらを見ている。藤森は唇をひき結んで少し怒っているようにも見えるが、実際の表情は眼鏡に隠されて判らない。

「藤森先ぱ…」

だから手を上げて挨拶しようとしたのだが、藤森は佐久間から逃げるようにふいと顔を背けてしまう。

「…」

声は、聞こえていたはずだ。現に藤森の隣にいた学生が、佐久間が声を掛けた相手は誰だろうと彼へと振り返っている。

だが藤森は佐久間の声を無視し、その場から立ち去ってしまった。

昨夜の告白への拒絶か、それとも他の理由か。

「佐久間、知ってる人？　声かけたの、聞こえなかったのかな」

「うーん…これは、もしかしたら違うかも」

「…」

楓理は一度も振り返らずに再び人混《ひとご》みの中へ紛れていく藤森と、その背中に困ったようなまなざしを向ける友人の横顔を交互に見つめた。


佐久間と楓理では専攻学科が違うので重なる講義は少ない。曜日によっては授業で一緒にならないこともあるが、夜になればそれぞれ図書館でのアルバイトがあるので会えない寂しさを感じることはなかった。

「佐久間、バイトは今日もあるんだろ？　また一緒に夕飯食べる？」

見まわり時間を待つ間、佐久間も支給のエプロンを締めて楓理と共に返却された本を本棚へ戻す作業を手伝っていた。

図書館が大規模な分貸し出される冊数も当然戻ってくる数も相当量で、どれだけ人を配しても追いつかないのが現状だ。そんな理由から働き者で要領のいい佐久間は、楓理同様他の関係者達から歓迎されている。若いので力仕事も容易だ。

「食う食う。家に戻るまで腹が持たねぇ。駅前のラーメン屋のポイントたまったし」

「じゃあ今日はそこで…そういえば佐久間、今日移動の時に見かけたあの先…」

「あー、いたいた佐久間。おーい」

言いかけた楓理の声を遮って、急ぐ足音が響く。

呼びかけに顔を上げると、足音の主は佐久間と同じ情報工学科の長谷《はせ》だった。

長谷は二人の高校の二年先輩になる。佐久間とは一歳差だ。

「佐久間、情報数学概論とってたよな？　すぐ返すからノートコピらせてくれ」

「いいですけど、俺のノートは達筆すぎて、そこそこ暗号だって定評がありますよ？」

「授業内容が判ればいいんだよ。それに佐久間のノートは見やすいって、女子達の評価は高いだろ？　もっとも彼女達の場合、自分でちゃんとノートとってるクセに下心でお前から借りてる奴もいるみたいだけどな」

「あははは。ちゃんとノートが戻ってくれば俺はいいですよ。ちょっと待っててください」

佐久間はノートを取りに、一度受付カウンター奥にある事務室へ向かう。

「あれ？」

そこには思いがけない人物、藤森の姿があった。なんの用があったのか、自分の席に座るシノの傍らに立ち、事務室に入ってきた佐久間へ振り返っている。

「先輩…！」

それが普段の顔なのかと思ってしまいそうなくらい、藤森は相変わらずの仏頂面だ。

「…」

対して佐久間のほうは、飼い主を見つけた大型犬のように明るい表情を見せる。

「先輩、どうしてここに？　あ、すぐ戻って来ますからまだ帰らないでくださいね」

「お前に用があって来たんだ、帰らないからさっさと戻ってこい」

「先輩が俺に？」

藤森からの意外な言葉に、佐久間は思わず彼の後ろにいるシノへと視線を移す。問われたほうのシノは小さく肩を竦めて、藤森の言葉を肯定した。

邪険な言葉とは裏腹に、なんだか嬉しいことを言われたような気がした佐久間は大急ぎで長谷へノートを貸して戻ってくる。

「藤森先…」

佐久間がドアを開くより早く、戸口で待っていた藤森は一枚の書類を突きつけた。

「許可書だ」

「？　ええと…図書館本館内、立ち入り許可書？」

翳《かざ》された書類をざっくりと読むと、藤森が自由に図書館内の出入りを許可するというものらしい。藤森が所属している研究室の教授の署名と、館長代理のシノの署名もある。

「許可の理由は、研究資料の収集のため…」

「これがある以上、これからお前にとやかく言われる筋合いはないからな。金輪際《こんりんざい》俺とこの施設内で会っても…」

「つまりこれで正々堂々と先輩と図書館本館で、デートが出来るってことですよね？」

「はあ⁉」

思ってもみなかった解釈に、思わず訊き返してしまった藤森の手を佐久間はとった。

「ぶは…！」

二人のやりとりを聞いていたシノが吹き出し、悶絶《もんぜつ》したまま机に突っ伏す。

この部屋に誰もいなければ、笑いを止めるのにシノの頭上へ肘《ひじ》を落としたいところだ。

「じゃあ早速デートに行きましょう。シノ先生、いいですよね？」

「…っ」

笑いを堪《こら》えるのに声が出せず、シノは机に沈んだまま行け、と出口を指さす。

「ちょ、先生…！」

藤森は救いを求めてシノへと声をかけるが、薄情な講師は無情にも手を振って二人を見送ってしまう。

図書館の出入り口横の二階に向かう階段のあるエントランスまで来た時、藤森はそれでもやっと佐久間の手を振りほどいた。

「お前、なんで俺にかまうんだ…！　お前と一緒にこの建物をうろつくために、わざわざ許可を貰ったわけじゃない」

また掴まれたらたまらない、と逃げるように先に階段を上り始めた藤森を佐久間は追う。

「研究資料を収集する正当な権利が最初からあるなら改めて許可は不要なのに、それをわざわざ貰うなんて誤解しますよ？　普通」

「どこが普通なんだ。お前のその考えそのものが誤解だ」

「まあ、恋は脳内の誤解とも言いますし」

「恋…？」

聞き間違いだろうか？　だが確認するのも怖くて、藤森は本人に問い返さなかった。

「先輩、この図書館で幽霊を認識したことあるんですか？」

「ないな。だが、ここは昔から目撃情報もあるし」

先に階段を上った藤森は、ポケットから端末を取り出して見せた。

「スマホ?」

外枠は確かにスマートフォンにしか見えないのだが、促されて覗き込むと病院で見かける生体情報モニタのような、波形グラフと数字が表示されている。

「そうだが、違う。画面に触れてみろ」

言われ、佐久間は躊躇することなく画面へタッチした。途端、殆ど動かなかった波形グラフに別の色で大きな波形が表示され、連動して数値も変動する。

「えっ…!」

「端末を改造して作ったもので、幽霊を検出…出来る」

凄い、と佐久間が言う前に藤森が言葉を重ねた。

「…ことになっている」

「は?」

「…。生きている人間からは微弱な電磁波が放出されているだろう? それの応用だ。近くに霊が存在した場合、生きている人間とは別の波形が表示される…ことになっている」

「はあ」

佐久間の生返事以上に、説得力に欠ける自覚がある藤森も微妙に歯切れが悪い。

「つまり幽霊を衝撃電流《パルス》で知覚する装置ですよね…? 反応があったことあるんですか?」

「この場所だったら一度だけ。その時に、浴衣《ゆかた》の幽霊らしきものを見かけた」

浴衣の幽霊といえば、古くからこの図書館に出没する代表例だ。

だがその正体を、佐久間は知っている。勿論幽霊ではない。

「でも電磁波は継続的に電波を流し続けるからこそ受信出来るんであって、先輩が言うようにパルスでは、瞬間的でしかないですよね。その瞬間だけでは証明は難しいんじゃ…？」

「そうだ。計器《カウンター》が反応したからといって、その場に本当に幽霊がいたのか証明しようがない。そもそも本当にこの装置が幽霊の出没に対して反応しているのかも俺には判らない」

「あ、自分で言っちゃった。でも観測するのに、そのカウンターが頼りなんですよね？」

「俺には霊感もないし、判断しようがない。…だが別の場所で、別の人間が…その人物は霊感があると言われていて、霊障らしき現象があった時にも特異《とくい》な数値が出た」

「ならその反応があった人に頼んで、研究の手伝いをして貰えばいいんじゃないですか？」

もっともな佐久間の提案に、藤森は首を振る。

「無理だな。相手は知りあいではないし、本人は霊体験の類《たぐい》を公に否定している。以前教授が協力要請したこともあったが、こちらの勘違いで迷惑だと事務所を通して返答があった。イメージを気にする仕事だから、胡散臭いことに関わりたくないんだろう」

「事務所…。それって有名人か何かなんですか？」

思い当たる人間を知っている気がする佐久間の問いに、藤森はモニタから顔を上げた。

真っ直ぐに見つめてくる藤森のまなざしに、佐久間もまた彼を見つめ返してしまう。

子供のような、と言ってしまうのが一番近い表現だろうか。目が合うのを意識的に避けている様子のある藤森が、まるで怖いものなどこの世にないような、そんな透き通るような瞳を向けている。魅入られないほうが、不思議だ。

「俳優の鷹来嶺至《たかぎみねよし》。…そういえばお前、少しあの俳優に似てるな」

眉を寄せがちなのは眼鏡の度が視力補正にやや足りないのか、それを除けば藤森はかなり端正な顔立ちをしている。男にしては色白だが病的な青白さではなく、その場合悪目立ちしそうな髭剃《ひげそ》りあとが殆ど見えないのも藤森により中性的な印象をもたらしていた。

そんな彼を間近に見ながら、佐久間は唇を尖らせる。

「俺の名前は佐久間です、先輩。あの俳優より、俺のほうが男前だと言われますよぅ?」

「どうでもいい」

「それなら有名な霊障スポットに赴《おもむ》いて、データ採取したほうが効率よくないですか?」

「外は入り込むノイズが多すぎて、精度が落ちる。この図書館できちんとその証明が出来てからでかまわない」

「でも外部で精度を試してみた時に、鷹来嶺至…とのことがあったんですよね?」

「あれは予定外だ」

返される単語は短いが、口をきいてくれないよりましだ。藤森に嫌われてそんな会話も出来なくなることのほうが耐え難い。

「お前こそ、俺と一緒にいてどうするんだよ。見まわりの仕事するんだろう？」

「あれ？　俺の仕事が心配ですか？」

「データの採取に邪魔だ」

本当に邪魔そうに言われてしまうが、佐久間は傷ついた様子もなかった。

「俺がいてもいなくても、出る時には出るんでしょ？　それに先輩、幽霊ツアーの出現ポイントなら確率高いと思ってそのあたりを中心にうろうろしてるんですよね？　だから男女のお楽しみにも遭遇したんでしょ？」

「好きで遭遇したわけじゃない」

「それに建物の中をうろうろするなら、行き先は同じです。あ、なんだったら助手でもやりましょうか？　アンテナとか持ちますよ」

「見て判るだろう、アンテナなんかない」

「えっ、先輩をじろじろ見ていいんですか？」

「そういう意味じゃない」

見つめられるのが急に恥ずかしくなって歩き出した藤森に、佐久間もついていく。

これではわざわざ館長代理に許可書を発行させた意味がない。むしろ指摘されたように、こうして佐久間と一緒に行動するために貰ったようなものになってしまっている。

「先輩いつも遅いですよね。どこに住んでるんですか？　今度飯とか行きませんか？」

「…っ」

歩きながらの佐久間の問いに、藤森の足が一瞬止まる。だがそれだけだった。

彼の横顔からは、不機嫌そうな様子以外何も読み取れない。

「一つ、忠告しておく。…お前がこれからの大学生活をこれまで通りに愉しく過ごしたいのなら、俺にかまうな」

「…その、理由は？」

「俺のことを知っても、お前に何一ついいことなんかない」

「そんなの聞いてみないと判らないじゃないですか。意外にも同じ趣味で息が合う可能性だってあるわけだし。俺、先輩のことをもっと知りたいですよ？」

「俺は興味ない」

「もしかして先輩って…意外と照れ屋さん？」

「だからどうしてその発想になるんだ…」

溜息混じりの藤森に、佐久間は深く頷く。

「先輩をそんなふうに誤解したくないから、教えて欲しいんです」

「じゃあ、いい。誤解したままでいろ」

「むう」

なかなか手強い。

こうして佐久間は平日の夜、図書館で藤森と会うようになった。


「…そういえば、シノ先生に聞いたよ」

週末、佐久間は楓理と共に都内の大型量販店で目当てのノートパソコンを購入し、ランチかたがたファストフードで休憩をとっていた。

ちょうど昼時だったため、二人は通りに面したカウンター席に並んで腰かけている。ガラス越しに見える通りは、様々な人々が行き交って眺めているのも面白い。

楓理の言葉にハンバーガーを口に頬張っていた佐久間が首を捻《ひね》った。

「うん?」

「…バイトのこと。たまたま先生から聞いちゃって、俺が自分で問い詰めたから正確には聞き出した、って感じだけど」

「あぁ」

何を指摘されたのか察し、佐久間は頷きながら指先についたソースを舐《な》めた。

楓理はセクシャルな目でこの友人を見たことは一度もないのだが、佐久間のこんな何気ない仕種は妙に艶《つや》っぽい時がある。

「もしかして、あの人？」

「うん。…軽蔑する？　俺のこと」

「まさか。軽蔑なんてしないけど、ちょっと心配」

「うーん、そうかも。向こうからみたら俺は騙《だま》してるようにも」

楓理は首を振り、隣に座る親友の言葉をやんわりと遮った。

「俺が心配なのは、佐久間のほう」

「俺？　なんで？」

「うーん、佐久間はシノ先輩に頼まれた以外で、あの人のことが気になるみたいだから」

思わず食べる手が止まった佐久間へ、楓理は困ったように笑う。

「…だから佐久間を変に誤解したら嫌だなって思う。傍目《はため》から見れば佐久間はシノ先生にこき使われているように見えるけど、本当はそれだけじゃないから。それに俺…あの先輩、どこかで見たような気がするんだよね」

「え、どこで？　図書館じゃなくて？　あの人常連みたいだから」

楓理はしばらく考え込んでみるものの、どうしても思い出せなくて手を開いた。

「白衣じゃなかったから、多分大学じゃないと思うんだけど。思い出したら教えるから」

「うん、頼む。あの人、昼間に会っても俺のこと完璧に無視するんだよなあ。日が暮れないと喋《しゃべ》れないとかそんな呪《のろ》いでもかかってるのかね」

「それか、凄い照れ屋さんなのかも。佐久間って、目立つから」

「俺？　そうか？」

「人混みの中でもすぐ見つけられるタイプなのは間違いないよ。俺、外で佐久間と待ち合わせしても困ったことないもん。よく言われるだろう？」

「うぅ、それは確かによく言われる」

まさかほぼ初対面で藤森の股間を握ってみたとは言えず、佐久間は小さく唸《うな》るしかない。セクハラされることを心配するなら、むしろ二人きりになる夜を警戒して無視するだろう。だがもし本当に彼が人目を気にしているだけなら、夜に態度を軟化する理由にはなる。

「まあ、佐久間が誤解されないように願ってるよ。それと…シノ先生がいない時に、問題が起きないことも。なんのかんので佐久間、シノ先生と仲良しだから」

「シノ先輩の海外出張、一週間だっけ？　このペースじゃ、望んでもあの人と問題とか起きそうにないけどなあ。それに寂しいのは楓理のほうだろ？」

「そりゃ…！　そうだけど。でもこうしてパソコン買ったし、毎日話をしようって約束あるし…なんだよ、にやにやして」

照れくさくて噛みつく楓理に、佐久間は意地悪に笑う。

「ごちそうさまですぅ。そんなに顔赤くさせてたら説得力が…ちょっと待て、楓理」

照れで恥ずかしがっているのかと思っていたが、楓理の瞳が妙に潤んでいる。

佐久間はいつもそうしているような仕種で顔を近付けると、そのまま熱を測るため楓理と額を重ねた。楓理もまた子供のようにされるがままで、軽く目を伏せる。

傍目では、仲のいいカップルがふざけてスキンシップをとっているようにしか見えない。

「やっぱり…なんか、熱ないか？」

楓理の額からは平熱とは思えない熱が伝わってきている。

「ちょっとふわふわしている…ような？　朝なんとなく変だとは思ったんだけど」

「バカ、それなら出かけなかったのに」

改めて見ると、楓理のトレイは殆ど手つかずのままだ。

佐久間に促され、楓理も席を立つ。ふらつきそうな足下を、佐久間の腕が支える。

足下に置いていた、持ち帰りにしたノートパソコンも佐久間が持った。

「変なの。熱があるって自覚した途端、目がまわる感じがする」

「そういうもんなの。電車の揺れ、大丈夫かな。ここからなら近いから、兄貴の車借りてこようか？　それとも部屋で少し休んでく？」

「大丈夫、電車で帰れるよ。それに万が一そのまま具合が悪くなったりしたら、佐久間のお兄さんに迷惑かけちゃうよ。仕事忙しい人なのに」

「楓理なら大歓迎だと思うぞ、あの人。俺が呼ばないから、友人がいないと心配されてる」

「お兄さんの部屋だから佐久間が遠慮して呼ばないのにね。でもそれって、かまわないから友人を遊びに呼んだら？　って意味だと思うなあ」

「一人にして具合悪くなったら心配だし、夜遅くても車で送っていけるからウチ寄れよ」

佐久間が開けてくれるドアを抜け、楓理は一緒に外に出る。

立ち上がった時は少し目眩《めまい》がして自分でも心配になったが、これなら大丈夫そうだ。

「気持ちだけ。それに…実は明日、空港まで先生を見送る約束してるんだ」

「ただの熱ならいいけどなあ。無理したら、一番心配になるのはあの人だろ」

佐久間が何を意味しているのか判るから、楓理は素直に頷く。

「…判ってる。だから無理しない」

「うん。まあ電車でも家まで送るよ。一応言っておくけど…もしこれで楓理を送らなかったら、後でシノ先輩に絶対責められる。だから俺のために諦めて送らせて」

佐久間らしい申し出に、楓理は感謝を込めて頷く。

「ありがとう、佐久間。助かる」

だが佐久間の心配をよそに、楓理はそれから数日熱で大学を休むことになってしまった。

「今日はあの友人、いないのか？」

楓理が大学を休んでから二日目、今日も夜の見まわりについていきていた佐久間へ、藤森が顔も見ずに唐突にそうきりだした。

藤森はこの図書館へ現れると必ず同行する佐久間に対し、三日目でついてくるなと言うのを諦めている。どうせ言っても聞かないからだ。

「楓理…近江のことですか？　休みですよ。風疹《ふうしん》らしいです」

「風疹？　あの年齢で？　大丈夫なのか？」

「大丈夫だと思いますよ？　医者で風疹だって診断されたって言ってたから、治療も…」

「いや、治療のコトじゃなくて。彼、一人暮らしだろう？　食事とかどうするのかって」

藤森から真顔で返された言葉に、佐久間は思わず息を飲む。

「楓理が一人暮らしだって、先輩どうして知ってるんですか⁉」

「どうしてって…彼に聞いたし」

「いつ⁉」

何故佐久間がそこに食い下がってくるのか判らず、藤森は眉を寄せながらも続けた。

「日にちまでは覚えてない。カウンターで会えば、世間話ぐらいするだろう？　普通」

「俺、先輩と世間話したことないですけど⁉」

「なんでお前と世間話しなければならないんだよ」

「…！」

明らかにショックを受けた佐久間の表情が、藤森の胸に刺さる。

「先輩、俺がどこに住んでるかとか知ってます？」

「知らない、興味もない」

嘘だ、と自分の中から聞こえた声を藤森は無視する。自ら吐き出した言葉なのに、自己嫌《じこけん》悪《お》で足下がぐにゃりと柔らかくなったようだ。

佐久間を傷つけてしまった言葉に、藤森は逃げるように視線を外す。

感じ悪い奴だ、そう思って佐久間が自分を嫌って避けるようになってくれたらいい。

藤森はそう願いながらも、同時に良心が痛んだ。

「…まあ、そうでしょうけど」

そんな藤森の耳に聞こえてきたのは、少しがっかりしたような佐久間の溜息だった。

「佐…」

思わず顔を上げた藤森へ、佐久間は提案を示すように人差し指を立てる。

「やっぱりこういうのって、お互い知らなさ過ぎだから駄目なんだと思うんですよ」

「？」

「お昼にランチでも一緒に出来たら嬉しい、くらいには思っていたんですけど…昼間に声かけても先輩ガン無視するし。だから先輩、今度俺とデートしません？」

「はあ⁉　どうしてそっちへ発想が流れるんだ？」

「だから、先輩が俺に興味を持ってくれるように、と画策をですね…はい、決まりー」

藤森の拒絶の言葉なんか聞きたくないから、佐久間は一方的に話をきりあげてしまう。

「佐久間…！」

「行かない、とかなしですよ。先輩が俺に興味がなくても、俺は先輩を知りたいんです」

「こっちの迷惑も考えてくれ、何故俺にかまうんだ？」

明らかに困惑している藤森に、佐久間は子供のように唇を尖らせる。

「どうしてって…理由を正直に言ってもいいですけど。…でも言ったら告白になっちゃうから、もっと先輩を困らせますよ？　いいんですか？　俺は、先輩のことが…」

息を吸い込んで続けようとした佐久間の口元を、藤森は大急ぎで押さえた。

「待て…！　こんな場所で、変なこと言うな！」

触れた細い指先は爪《つめ》も整えられ、一瞬いい匂いが掠《かす》める。

「どうせ先輩しかいないんだから、俺はかまわないですよ」

「お前の都合じゃない。本当にどうして俺なんだよ…そんなにからかって面白いのか？」

聞こえて来たのは困り果て、途方に暮れたような藤森の声だった。

「からかってるつもりなんか、ありません。どうして俺を信用してくれないんですか？」

楓理と友人だと知っている程度は関心があるくせに、この男はどうしてここまで佐久間を無理矢理拒もうとするのか。

彼から繰り返される言葉どおり、藤森からは好意…のようなものは感じない。

嫌われるほど感情を寄せられていないので、これは選択から除外する。

だが好意の対角線上にある無関心、とも違う。

むしろその逆のように感じるから、佐久間は藤森という男が摑めない。

「…」

本人に告げればそれこそ毛を逆立てる勢いで怒られそうだが、たとえるなら藤森からは人慣れしていない寂しがりやの野良猫、のようなものが伝わってくる。

触れられたくない、だけど寂しい。気のないふりをしているようで、意識している。

だから佐久間は、次の言葉が見つけられない。

何か考えていたらしい藤森は、改めて顔を上げる。怒っているのかと思っていたが、彼は迷子のように今にも泣き出しそうに見えた。

「お前、俺のこと好きなの？」

真っ直ぐ見据えられたまま問いかけられた言葉に、佐久間は彼を見つめ返しながら頷く。

告白にはほど遠い、思い詰めたような藤森の表情に胸が痛む。

そんな表情で、告げる言葉ではないはずだ。

「…信用して貰えなさそうですけど」

こんな時なのに、眼鏡越しに見えた藤森の睫毛《まつげ》の長さについ見惚《みと》れてしまいながら佐久間は正直に答えた。

藤森は改めて佐久間へ向き直る。

「じゃあ俺と寝る？」

「…は？」

一瞬自分の願望が生み出した幻聴ではないかと、佐久間は思わず訊き返してしまう。

そんな佐久間へ、藤森はもう一度ゆっくり繰り返した。

「俺とセックスするか？　って訊いたんだよ。そうすればお前、満足して俺への興味も好奇心もなくなるだろう？　誰かから俺のことを耳にしたんだろう？　男と寝る奴だって」

「先輩…！」

つい責めるような声になってしまった佐久間へ藤森は腕をのばすと、そのまま自分へと抱き寄せるように唇を重ねてしまう。

「先…」

ざらり、となぞるように唇の上を舐められ、挑発されて開いた隙間から藤森の舌が滑り込んでくる。搦《から》め捕《と》るように舌を吸われ、その舌へと佐久間が甘く歯を立てると彼もまた応じながら我が物顔で口腔内を蹂躙《じゅうりん》した。

彼の経験値の高さが窺えるような、たまらないくらい扇情的なキスだ。

「…っと！　待って待って…！　そうじゃなくて」

藤森のキスについ溺《おぼ》れそうになり、我に返った佐久間は慌てて彼を自分から引き剝《は》がす。

「下半身に電撃が走るような、キス…巧いですね。なんか凄いエロかったんですけど」

「…」

煽られたキスについ夢中になりかけた佐久間の言葉に、藤森は濡れた自分の唇を乱暴に拭いながらふん、と横を向いた。

佐久間は言葉を選んだが、実際は電撃どころのレベルではない。ただのキスなのにまるで自身に直接唇で奉仕されているような、そう錯覚しそうな濃密な舌使いだった。

どれだけ上級のキスを経験すればあんな官能的なキスが出来るのか、経験が多いはずの佐久間でもまるで見当がつかない。

彼の顔立ちから女性にモテないとは思っていなかったが、キスの巧さは予想外だった。

そんな佐久間の考えを読んだかのように、藤森が投げやりな様子で口を開く。

「俺と寝れば、フェラでもなんでもしてやるよ」

「…先輩」

「…」

佐久間が何故そんな責めるような口調なのか判らず、藤森は眉を寄せる。

「それで俺に近付いたんじゃないのか？」

藤森の言葉に佐久間は自分の手をぎゅ、と強く握りしめた。

「心底そう思って訊いている口調ですね、それ」

佐久間が怒りを抑えているのが、判った。だが何故彼が怒るのか、は判らない。

どうして今まで気付かなかったのだろう、考えてみれば簡単なことなのに。

この人のよさそうな顔をした後輩に、興味を失《う》せさせればいいのだ。

だから彼が自分の言葉の何に怒ったのか、考える必要はない。

怒りでも失望でも、この男が自分と距離を…置くなら理由はなんでもいいのだから。

「佐久間は、俺と寝たくないのか？」

問われ、佐久間は即答する。

「勿論、許されるなら寝たいですよ。健全な男なんだし。今のキスで正直、本気でそうしたくなりかけましたから」

「だったら…」

「だけど」

佐久間は言い置き、爪の跡がつきそうなほど握り込んでいた手を広げて藤森へとのばす。

そして彼が反射的に後ろへ逃げる前に、その胸元に触れた。

「ここがないなら、してもつまらないと思いません？　う――ん、体目当てで近付いたと思われたのは不本意です。…とはいえ正直今のキスに翻弄《ほんろう》されたし、先輩に言い寄ってる時点で他の人達と同罪だとは思いますけど。でも、違うんです」

正直に自分の心境を打ち明けながら、違う、と呟いた佐久間の言葉が不思議なくらい藤森の胸に静かに響く。

だがその心地よさに期待してしまうほど、藤森は何も知らない子供ではなかった。

「お前のその顔なら、寝る相手には困らないと思ったからだ。わざわざ学部の違う院生の、しかも男にちょっかい出して」

佐久間は藤森の言葉を最後まで聞かずに言葉を重ねる。

「いやだから先輩、やっぱりもう少しお互いを知りましょうよ。俺のことはまあ、どうでもいいですけど俺は先輩のことをもっと知りたいです」

言葉を遮られた藤森は自棄《やけ》気味に、自分の白衣の襟元《えりもと》を摑んで広げるように引っ張った。

「だから、寝てみるか？　って訊いてるだろ」

「寝るか寝るかってそんな、まるで誘ってるみたいだからあんまり連呼しないでください」

「違う……！」

佐久間はやんわりと短気な先輩へと手を翳す。

「そう、違うのは判ってます。でも俺が知りたいのは、先輩の体やセックスの相性とかじゃないです。それ知る前にもうちょっと手前からはじめましょうよ」

「手前？」

「たとえばデート！　とかです。こうして夜の巡回で一緒なのも嬉しいですけど、今ひとつ歩み寄りに欠けますよ。昼間に声かけても先輩無視するのは、人前だと俺に声かけられるのが嫌、ってことですよね？　それならすっぱり諦めて」

「諦めてって…」

「大学じゃない場所で逢えばいいんじゃないかな、と。名案だと思いません？　外なら知りあいとの遭遇率は低いし、映画とか観てそれから食事。そんな普通のおでかけを、先輩としてみたいんで。今度の週末とか、予定開いてませんか？　レイトショーとかありますよ」

「お前、そ…」

藤森は何か言いかけたが、佐久間の肩越しに見えた人影に表情を凍りつかせた。

文字通り一瞬で、藤森の顔が驚きを見せたのと同時に表情がみるみる消えていくのを佐久間は目の前で見てしまう。

彼にそんな表情をさせるのは誰だろうと、佐久間はゆっくりと背後を振り返った。

「藤森君」

「高畑教授…どうしてここに？」

藤森が驚くのも無理はない。ここは図書館本館の三階だ。

なんちゃって見まわりのバイトを始めて…佐久間がこの大学へ入学して図書館に出入りするようになって、シノ以外で三階に姿を見せた教授クラスの職員は一人もいない。

本館からの行き来が面倒なことから、用がある時は皆学生か院生を使うからだ。

当然、佐久間が高畑教授にこの場所で会うのも初めてだった。

藤森にも意外なことらしいのは、彼が一瞬浮かべた驚きの表情で判る。

高畑の背は佐久間よりもやや低いが、長身の部類だろう。

年齢は五十代を少し過ぎたくらいで、あと数年もすればロマンスグレーと言われるに違いない上品な雰囲気を纏《まと》っている。

講師勤務中のシノの白衣はどう見ても汚れ防止に羽織っているようにしか見えないが、きちんとプレスされた白衣を着ている高畑はそれこそ学者然とした貫禄《かんろく》があった。

「悪いね、先日会った桜井《さくらい》教授から資料請求のメールが来ていてね。至急のようだ」

「…。判りました。すぐ研究室へ戻ります」

藤森はさっきとは打って変わった硬い表情と声で端的に返事をすると、佐久間の存在などないかのようにその前を通り過ぎていく。

「先…」

別れの挨拶は期待もしていなかったが、彼から高畑への酷《ひど》く緊張した様子を見かねて佐久間は声をかけようとする。

「…」

だが擦れ違う瞬間、藤森はそんな佐久間へと強い一瞥《いちべつ》を向けた。

それがどんな意味だったのか佐久間は察し、喉《のど》まで出かけた言葉を飲み込む。

高畑はそうすることが当然であるかのように藤森の肩を抱き、背中を向けて歩き出した。

「…いや、教授があんなふうに院生の肩抱いて歩くの、絶対変だろ。あてつけだな」

佐久間は彼らに聞こえないように小さく毒づく。

一度も自分へと振り返らない藤森を、佐久間は声をかけることなく見送った。


『バッカだなあ。やらせてくれるって言うなら、そのままご馳走様《ちそう》すればよかったのに』

「言うと思った…」

パソコンの向こうから返ってきた想像通りの反応に、佐久間は頬杖《ほおづえ》をつきながら何度目か判らない溜息を吐き出す。

バイトを終えて自宅へ戻ってもすっきりとせずにいた所に、シノがパソコンから連絡をとってきたのだ。パソコンに搭載《とうさい》されたウェブカメラで、相手の顔も見えている。

佐久間はシノも知る嶺至の部屋のリビング、シノは出張先のホテルの部屋だ。お互い部屋に一人なのでマイクのついたヘッドセットはつけず、そのまま会話している。

『へたれ。ほぼ初対面で相手の股間を摑んだ奴とは思えないな』

「何とでも…。大体自分と寝るか？　って訊かれてじゃあ遠慮なく…って乗っかっちゃったら、その先なんにもないでしょう？　体目当てだったたって思われますよ」

『意外に体の相性が良くて、そこから発展するとか』

意地悪に笑うシノの言葉を、佐久間は頬杖をついたまま一蹴《いっしゅう》する。

「いや、それ奇跡でも起きないでしょ。そんな不確定な可能性に賭《か》けたくないですよ。あれはどう出るか、って俺の反応を試したとしか」

シノには面倒でそこまでは報告していないが、挑発されキスまでしても藤森は冷静だった…ように佐久間には見えた。

『でもお前が応じた可能性があるのを覚悟して挑発したのなら、少なからず向こうだってしい、いいいくらいは佐久間に好意があったってことだろ。もし冗談だって躱されたら、お前を試す程度は興味を持っていたんだと判断していいわけだし』

「うーん…」

納得しかねた佐久間は、ディスプレイの前で唸る。映っているシノの肩越しには、彼が泊まっている部屋が映っていた。

学会の海外出張だと聞いていたが、宿泊先は比較的いい部屋なのだろう、落ち着いたシックな雰囲気で周囲に透かし彫りが施された優美な曲線のドレッサーも映り込んでいる。

「それよりも、あの高畑？　教授が、藤森先輩を呼びに来た時に、我が物顔だったのが気に入らない。物凄く」

『あっ、お前高畑さんに会ったのか？』

「好きで会ったわけじゃないですぅ。あの教授、わざわざ本館の三階まで迎えに来てた」

『…』

「自分の研究室の教授なのに、先輩が一瞬で緊張してた。それなのに教授は特別な間柄みたいな振る舞いで、見ていて対照的でしたよ。双方の温度差がどこにあるのか気になります」

『うーん、出来るなら佐久間の顔は、なるべく高畑さんに知られたくなかったんだが』

「？」

『あの人は、俺が佐久間と仲がいいのを知ってるんだよ。大学の運営を決定する古参の理事の一人でもあるし、当然発言の影響力も強い。因《ちな》みに趣味は乗馬。…悪趣味だな』

「でも古参の理事達って、経営改革を機に新しい若い理事達に総入れ替えしたんじゃなかったっけ？　万が一、経営破綻《はたん》した時の責任とりたくなくて」

今でこそ入学希望者の多い人気の大学だが数年前までは創立年数が古く、伝統ばかりを重んじる規則の厳しい堅苦しい学校だった。そのせいで廃校寸前の経営難で苦しんでいたのだが、運営を決める理事会の役員が代替わりしたことで今の時代に即した大胆な改革がおこなわれ、一時離れていた学生達が戻って来たのである。

今では資金繰りも円滑で、優秀な学生の援助も積極的におこなっていた。

『高畑さんは、彼の父上から二代続いての理事なのー。退陣したって実際の影響力は残るし、ここての前経営体制を貫こうとした保守派側の理事だったしねー』

語尾をのばすシノの様子で、高畑との仲は懇意とは言い難いらしい。

そういえば今も、彼にしては珍しく他人の趣味をさらりとけなしていた。

「じゃあ革新派と言われてる今の若い理事達とは、少なからず軋轢《あつれき》はあるってことか。シノ先輩は臨採《りんさい》で籍を置いてる下っ端の上、その革新派に属する講師だから…」

『嫌われてるんですねって言ってもいいよ、合ってるから。本当に目の敵にされてるし』

「あー、なるほど。それで手下の俺が先輩にちょっかい出してたら、気に入らないよな」

『そ。高畑さんは藤森君の親代わりというか…後見人みたいな立場の人でもあるし、尚更な』

「は⁉ 先輩それ、俺初耳ですけど！」

『あれ？ 言ってなかったっけ。彼の両親が高畑さんと大学の同期で親友だったんだよ』

わざとらしく惚《とぼ》けるシノに、佐久間は小さく唸る。

「あの人が天涯孤独というのは聞きましたけど。要《い》らん情報増やさないでくださいよ…」

『まあそんな理由だから、俺が大学にいない間はなるべく用心して欲しいわけ』

「そんな用心しなければならない教授なら、俺のことなんかより自分のことを気にしてください。俺は学生だから最悪大学を変えればいいだけだけど、先輩達はそうはいかないんだから、もしもの時は俺に全部押しつけて逃げてくださいよ。全部濡れ衣被《かぶ》りますから」

虚勢《きょせい》ではない佐久間の言葉に、シノは年長者らしい苦笑を浮かべる。

『佐久間のその強くて優しいところが、彼にも伝わるといいんだが。…そしてお前のそのしっかりした性格もな。達、って念押しするあたりとか。俺の心配より楓理の心配か』

「当たり前です、楓理は俺の大事な親友ですよ。シノ先輩に何かあったら、楓理も苦しみます。だから気をつけてくださいってお願いしてるんです」

『佐久間はいい奴だったんだなあ』

「俺は前からいい奴です」

『うん、だから早めに楓理の新しいパソコンの設定してくれ。楓理、微妙に機械音痴で。やっぱり俺が出国前にパソコン買って設定しておけばよかった』

「楓理が風疹を俺に移したくないって言ってるんで、部屋に行くにいけないんですよ。差し入れだけは毎日玄関先に置いて来てますけど」

『ホント、そういうのマメだよなあ、お前…。女だったら、良妻賢母《りょうさいけんぼ》になっただろうに』

「だから微妙に女の敵なんですよ。ところで先輩、日本へはいつ…あ、おかえり」

聞こえてきた玄関ドアを開く音に、佐久間は背後を振り返る。

仕事を終えた嶺至が戻って来たらしい。

「ただいま」

シノのノートパソコンのスピーカーから聞き慣れた悪友の声が響くのと同時に、カメラ越しに上着を脱ぎながら佐久間の後ろを通り過ぎていこうとする姿が映った。

「誰かと話し中？」

パソコンの画面に見えた人影に、嶺至はカメラに映り込まない位置まで移動する。

「シノ先輩」

「…」

嶺至はそのままバックで戻って来ると画面を覗き込んだ。佐久間も嶺至が映りやすいように自分の体を少し横へずらす。

「…お前、今どこにいるんだ？」

『学会でグアムのホテル』

嶺至はリビングの時計を見上げる。グアムは日本よりプラス一時間の時差だ。こちらもすでに夜遅いので、向こうも同じ深夜だろう。

「そこに一人か？」

『ツインの部屋だけど、一人で使ってる。明日も朝から会議だし。なんだ？』

「いや、後ろにいるから」

『‼』

あっさりと言われた言葉がどんな意味なのか察したシノは顔色を変え、立ち上がりながら後ろを振り返った。そんな友人の背中に、嶺至はいらぬ親切で追い打ちをかける。

「さっきからドレッサーに髪の長い女が映ってる」

『嶺、具体的なことは言わなくていい！　どうせ俺には見えないんだから…！　寝る予定だったんだぞ？　どうすればいいんだよ』

背後が気になるので、シノはカメラに背中を向けたままだ。

いい大人なので特別幽霊が怖いわけではないが、いると言われれば気分はよくない。しかも告げたのが嶺至では、シャレにならないこともシノは知っていた。

「そこにいるの、お前にくっついてきたんじゃなくて、もともと部屋にいる奴っぽいから部屋変えれば大丈夫だろ。見えないなら、まあ…なかったことにして、気にせず寝れば」

『こんな遅い時間に部屋替えなんか出来るか…！　自分が見えなくたって、いると判ったら気にしないで寝られるわけないだろう。ぽやーんと呑気《のんき》そうに言いやがって』

「そう？　見えないんだから、いないのと同じだろ」

不思議そうな兄に問われ、シノの気持ちが判る弟は神妙に頷く。

「見えないほうがむしろ嫌じゃないかなー、と俺は思う」

『いいから、なんとかしろー。つかなんとかしてください』

「やったってやらなくたって、見えないなら同じだと思うが」

『気持ちの問題だ、気持ちの』

抗議するシノの声を聞きながら嶺至はパソコンの内蔵マイクへ手をのばし、指を鳴らす。

『…！』

パチン、と小気味よい音がスピーカーから響くのと同時に、部屋が一瞬明るくなったようにシノは感じた。否、暗かったことに今まで気付かなかった感覚に近い。

気のせいや思い込みだと言われたらそれまでなのだが、部屋の雰囲気そのものが変わった気すらする。ずっと耳にしていたはずの空調の音が、突然はっきりと聞こえてきていた。

『いなく…なったのか？』

「いないよ」

嶺至は簡単にそう答え、ひらひらとシノへと手を振ってパソコンの前から離れる。

だがすぐに何かを思い出し、再び横からディスプレイを覗き込んだ。

「シノ、お前弟にあんまり変なことさせるなよ」

『判ってるよ。そもそもさせようとして、おとなしく従う弟じゃないだろ。過保護め』

「…」

当然というように嶺至は軽く顎《あご》をそらせると、今度こそ本当にその場を後にする。

嶺至が去って元の二人に戻ると、佐久間は申し訳なさそうに小さく肩を竦めた。

「兄貴が多少過保護なのは俺のせいですよ」

『そんなことは知ってるよ。その過保護を利用して、藤森君の研究を手伝ってくれってお前から頼んだら、あいつなら喜んでゴーストハントに協力しそうだな』

「まさか、兄貴にそんなお願いしないですよ、絶対」

『何故？』

「俺より兄貴のほうが格好いいから。兄貴を好きになったら、俺が困る」

『あっそ』

「藤森先輩は兄貴と一度接触あるし、運命の再会とか思われたら俺の出る幕がないです」

『それ以前に嶺《アレ》が自分の本命以外の誰かに靡《なび》くとも思えないが』

「多分。でも好きになるだけなら一人で出来るし」

『それもそうだ』

「…まあ今は解明出来ない不思議も、いつか科学の力で数値や再生出来得る時代がくるといいな。それで、先輩がいる研究室があるんですか？　割と前向きだよな、あの大学」

『研究の保全や先行投資的な意味合いも大学にはあるからな。海外では本格的な研究もされてるし…開設に動いたのは高畑さんだ。至ったのは最近だが…きっかけはあったと思う』

「？」

シノは佐久間がその理由を問う前に、続けた。

『高畑さんは、最愛の奥さんを病気で亡くされている。申請は、それからまもなくだ』

「…！」

『高畑さんは以前の研究の実績もあって、大学側も研究の真の目的は問うつもりもないし、成果が出れば御の字だ。万が一出なくても、もともと途方もない分野だからな』

「うわー、それだけの研究資金が出資出来るくらい余裕がある経営状態でよかったなあ」

『そ。リスクはあるが、補える体制も経営手段のウチ。とにかくお前は、俺が帰る来週まで問題起こさないでくれよ。ついでに頼んでおいた楓理への伝言も忘れてないだろうな？』

「先輩がいない間に期限が切れる食券とひきかえにしては、高い伝言だとは思いますけど。あいつが元気になったらちゃんと伝言しますって。だから少しは俺に協力してくださいよ」

『だからこうやって、してるだろー。お前の愚痴《ぐち》を聞いたり』

唇を尖らせるシノを無視し、佐久間は続ける。

「ガードが堅い、とも違うんですよねえ。嫌われてない、様な…気はするんですけど」

あと一歩を、藤森は佐久間に踏み込ませない。頑《かたく》なに、自分の何かを守るように。

キスをしても、だからなんだという様子だった。

『だから誘われたんなら、やっちゃえばよかったのに…』

思い出すだけでムラッと来るようなキスの感触が、まだ唇に残っている後ろめたさに佐久間は画面越しに噛みつく。

「それはいいですから！　今はともかく、後々後悔しそうで自信がないので、別の方法で俺にアドバイスを！　役に立ちそうなので！」

『すでにもう後悔してそうだが。だーから早めに楓理に伝言しろよ、って言ってるのに』

「？　同じことを先輩にも、って意味ですか？」

『違うよ。うーん、じゃあ一つだけ。彼は楓理と同じ駅を使ってる』

大学へはいくつかの路線を利用出来るが、どれも徒歩ではそれなりに距離がある。

楓理は大学から一番近い駅の、しかも隣駅にアパートを借りていた。

それでシノは、楓理の所へ行けと先程から言っていたのだろうか。

『少し早めに駅で待ってたら会えるかもネ』

だから楓理への伝言を早めによろしく、とシノは再度念を押した。


翌朝、佐久間はいつもよりも数本早い電車で登校し、最寄りの駅で藤森を待っていた。

シノが具体的に個人情報を言わなかったのは、講師が在籍している学生…藤森の場合院生だが…の情報を安易に教えることは出来ないからだろう、と佐久間は判断している。

それ以前に佐久間の場合、やろうと思えば大学のホストコンピューターに介入《ハッキング》して欲しい情報を足跡残さず引出せることをシノは知っているので、わざわざ教える必要がないと思っているに違いない。実際その通りなので、佐久間もねだらなかった。

「行く用がなければ住所は特に知りたいとは思わないけど、せめて携帯の番号…じゃなくても、携帯のアドレスくらいは教えて貰ったら嬉しいけどね」

携帯の番号では、相手に受信ボタンを押して貰わなければ繋がらない。だがアドレスなら一方通行でも、相手に言葉を届けることが可能だ。だからどちらかしか教えて貰えないのなら、今はアドレスのほうが絶対いい。

佐久間はそんなことを考えながら、改札を抜けていく人々をぼんやりと眺めていた。

時々知りあいに会うが、簡単に手を上げて挨拶して皆先に大学へ向かっていく。

大きな駅ではないが時間によっては学生ばかりになるので、見つけにくいかもしれない…そんな心配すら佐久間はしていなかった。

いれば、すぐ藤森を見つけられる。そんな確信が、佐久間にはあった。

待つことは、苦ではない。待っていれば会えるという嬉しさのほうが勝っていた。

やがて登校する学生達のピークも過ぎようとした頃。

「…いた」

藤森がヘッドフォンで何か聴きながら、改札を抜けようとしていた。大学の外なので当然なのだが、白衣を着ていない私服姿の彼に佐久間は新鮮な驚きを感じてしまう。

「そういえばあの人の私服姿って、見たことなかったよな。でもよく見つけたなあ、俺」

女性が好きそうな藤森の整った顔立ちは人目を惹くのだが、瘦《や》せて平均並みの背格好だけ見れば特に目立つキーワードになるところがない。

Tシャツに上はチェックのシャツを羽織っただけのお洒落《しゃれ》というには微妙だし、同じ服装は藤森の他にも沢山いる。

「…そうか」

彼へ急ぎ足で向かいながら自問自答していた佐久間は、すぐにその理由が判る。

藤森を簡単に見つけられた理由、それは彼だけが俯《うつむ》いていたからだ。…大学構内でも彼が普段そうして歩いているのと同じ。

俯いているのはヘッドフォンで何か聴いているからともとれるが、多分違う。

夏も過ぎた今の季節は、駅から大学までの道は緑のトンネルだ。

爽やかな風も吹いているのに、彼だけは真冬にコートの襟を立てて歩いている…そんな雰囲気があった。彼だけが、周囲と違う世界にいる。

それを立証するかのように、藤森に挨拶をする者がいない。

一人きりでいる藤森をこちら側の世界へ連れ出したくて、佐久間は声をかけるのと同時にその腕を摑んだ。摑み、気をつけながら柔らかく自分へと引く。

「先輩」

「!?」

突然腕を摑まれた藤森は驚いた勢いのまま、かけていたヘッドフォンを外した。

外して首にかけたヘッドフォンからは、賑やかな音楽が漏れ聞こえている。

「そんな大きな音で音楽聴いていたら、危ないですよ」

「佐久間…！」

通学路になっている道の途中で立ち止まった二人を、他の学生がやんわりとよけて通っていく。中にはあからさまな好奇心のまなざしで、わざわざ振り返って見る学生もいた。

「おはようございます、先輩。あ、逃げないでくださいね。俺、早く走れないんで」

「どうして…」

「それは勿論、デートのお誘いです。はい」

何故朝っぱらから声をかけるんだ、とも言いたげな藤森へ佐久間は笑顔のままキャラメル色をした二つ折りのチケットホルダーを差し出す。

「これは？」

一体何だろうと思いながら開いたホルダーには、二枚のチケットが挟まれていた。

「映画の試写です。兄貴からの貰い物なんですけど、一番面白そうだったので」

言われてみると、ハンドメイド感溢《あふ》れるチケットの上部に『招待券』と印字されている。

「…」

行かない、と断るつもりでホルダーを戻そうとする藤森へ、佐久間が続けた。

「それで、実は上映が明日なんです。図書館も閉館日で、あの建物自体入れないし。そしたら夜、時間あるかなあって。あ、そうだ…それから」

話の途中で何かを思い出した佐久間はさっきと同じような仕種で、鞄の中から黒の折りたたみ傘を藤森へ手渡した。

未使用の傘、のように思える。一度使ってしまうと、どうしても出てしまいがちなたたみムラがこの傘にはまだなかった。カバーにも皺《しわ》一つない。

「？」

何故この傘を？　と無言のまま思わず首を傾げた藤森へ、佐久間が続けた。

「折りたたみ傘、持ってないですよね？　それ、差し上げますので貰ってください」

「え…？　どうしてそれを」

藤森が問いかけようとしたその時、佐久間を背後から羽交い締めにした男がいた。

「佐久間！」

驚いて佐久間が振り返ると、そこには同じ学部の長谷が立っていた。

「よかった！　実はまたノートを借りたいんだよ。お前一限一緒だよな？　その前にコピらせてくれよ。いやあ、いいところで会ったなー」

長谷はそう言って佐久間を羽交い締めにしたまま、半ば無理矢理に引っ張っていく。

「ちょ、ちょっと待ってください長谷先輩！　俺、今藤森先輩と…」

「いいから来いって！　こんな場所で目立つだろうが！」

「先輩…？」

一喝《いっかつ》する長谷のただならぬ雰囲気に、佐久間は彼の腕を無理に解《ほど》く手を止める。

長谷はそのタイミングを逃さず、藤森をその場に置き去りにして強引に佐久間を引っ張って歩き出した。

藤森を振り返ると、彼は顔も上げずにヘッドフォンをかけ直している。

「…っ」

何事もなかったかのような藤森に、佐久間の胸が軋《きし》む。

呼び止めたのは佐久間だったが突然誰かが割って入り、会話の妨害をされたことに腹を立てるわけでもなく、そうされることに慣れている様子だったからだ。

せっかくこちらへ連れ出したのに、また戻ってしまったように佐久間には映る。

連れ出した長谷は門をくぐり、中庭を抜ける途中でやっと佐久間の腕を離した。

「先輩、一体なんですか？　俺、まだ藤森先輩と話を」

「佐久間…これは先輩として、忠告しておく。悪いことは言わないから、あいつ、あいつとは絶対に関わるな。絶対に、だ」

佐久間の抗議を、長谷は無遠慮に遮った。そして険しい表情の顔を寄せる。

「あいつって…藤森先輩のことですか？　藤森先輩は院生で、長谷先輩より先輩だからあいつ呼ばわりはどうかと」

「呼称のことなんかどうでもいいんだよ。あいつの噂を知らないのか？」

「噂？」

本当に知らなさそうな佐久間に溜息をついた長谷は、周囲を気にして声を抑える。

「あぁ…やっぱり知らなかったのか。あいつは…」

「藤森先輩」

再度指摘され、長谷は半分舌打ち混じりで律儀に訂正してから続ける。

「あいつ…藤森は、高畑教授とデキてるんだよ。あの教授のコレで、溺愛《できあい》してる。だから下手にちょっかい出すと、もっともらしい理由をつけられて退学《やめ》させられる」

佐久間に判りやすくしようとしたのだろう、長谷は小指だけを立てて見せた。

「えー…でも。綺麗《きれい》な顔の人だとは思いますけど藤森先輩、男じゃないですか」

「院生なのに教授の愛人なら、女でも問題だろ…！　あの教授は自分の研究室に連れてくるのに、以前あいつがいた研究室を潰してるんだぞ？　それだけじゃない、藤森にちょっかい出してた…経済学の青砥《あおと》とかが、図書館のトラブルにかこつけて退学処分受けてるんだよ」

その後聞いたことのある数人の名前が、長谷の口から挙げられる。

彼の言う図書館のトラブルの詳細を佐久間は知っていた。何故なら彼らが退学という厳罰処分を受けた、その原因となる事件を隠密に調査をしていたのは佐久間本人だからだ。

最終的には警察が介入するに至ったその事件が公になり、世間と大学構内に駆け巡った噂も大まかだがほぼ事実に近いものだった。

当事者に近い位置にいた佐久間には、彼らの退学が藤森に関わるものではないことは誰よりも知っている。

余計な尾ひれのように繋げられた藤森の噂は、誰かが信憑性《しんぴょう》を高めるのにわざと真実にその噂を被せて流しているような、事実を知る者にとって恣意的《しいてき》にも感じられるものだった。

「その…高畑教授？　って、そんなに権力ある教授なんですか？」

惚けて訊く佐久間に、長谷の表情は真剣そのものだ。

「あるから言ってるんだろ。この大学を牛耳ってる理事の一人なんだぞ。そうでなくても藤森に関わった奴は皆、この大学から消えている。ただの噂なら聞き流せるが、藤森自身も絡んでるから厄介《やっかい》なんだって」

佐久間を心配する長谷の口ぶりは、冗談やからかいとはとても思えない。話して聞かせている噂が真実であると、微塵《みじん》も疑っていない様子だ。

「藤森先輩も絡んでるって？　先輩が教授を利用してるとか言わないでくださいよ」

頷いた長谷はますます顔を寄せて声を落とした。

「それがあながち…ここだけの話、藤森は魔性と言われてるんだよ」

「魔性…？」

大真面目に夜毎《よごと》幽霊探しをしている彼が？　言われても、佐久間にはピンと来ない。

確かに眼鏡越しでも判る整った顔だが、だが魔性と言われるような蠱惑的《こわくてき》なフェロモンが出ているタイプかというと違うからだ。むしろその逆で、清潔感のある…。

信じ難くて考え込む佐久間に、長谷は駄目押しのように説明を続けた。

「自分にとって都合の悪い教授をたらしこんで弱みを握るとか、単位取るのに平気で担当教授と寝るとか、とにかくそういう男なんだって。相手が男でも女でも関係ねぇの。実際あいつと寝たことがある、って奴だって俺知ってるんだから」

「うわあ。藤森先輩って、物凄いモテるんですね…」

佐久間がこの大学へ入学してから、彼が誰かといた姿など一度も見たことがない。

彼はいつも、一人だ。…今朝のように。

しみじみ呟いた佐久間の足を、長谷が苛立《いらだ》ちを隠さずに軽く蹴った。

「お前モテるからそういうの慣れてて躱すの巧いかも知れないが、面倒に巻き込まれたらどうするんだよ…！　相手は教授だぞ？」

「はあ、まあ気をつけます。でも単位云々ってレベルの話が出るってことは、もしかしてその噂って先輩が学部生の頃からあったってことですか？」

「ん？　あぁそうだな。俺がその話を聞いたのも、あいつが学部生の時だし」

「…。長谷先輩、ちょっと聞きたいことがあるんですが」

その日の午後、教務から届けられた郵便物の開封作業をしていた藤森は、今朝のことを思い出していた。

気がつくと思考に追われて手が止まっていて、慌てて作業を再開するがそれも長く続かない。いつの間にかまた、手が止まっている。

「…何故、傘のことを佐久間は知っていたんだ？」

佐久間が指摘した通り、藤森は折りたたみの傘を持っていなかった。

以前人に貸したまま、戻って来ていないからだ。

だがその折りたたみの傘は、二度と戻ってこないことを藤森は知っている。

何故なら貸した相手は既に亡くなっていて、この世にいない。

そのことを知る者は当事者の藤森以外、誰もいないはずだ。

「それを、どうして佐久間が…？」

友人など一度も上げたことのない自分の部屋《アパート》にある、引き出しの中に入っているものを言い当てられたほうがまだ驚かないだろう。

お手上げ状態の藤森は、肩から息を吐いた。

開け放たれている窓の外は、雨とは無縁そうな好天気。これから天気が悪くなることを見越して、自分に押しつけたとも思えない。

「…不本意だけど」

自分に折りたたみの…しかも、色も同じ黒だ…傘を寄越した理由を佐久間に訊けばいいだけのことだ。

「そうすればすぐに判ることを、いちいち考えてても仕方がない。…ついでに」

佐久間のことを考えると、妙に落ち着かない。そんな不思議な緊張を感じながらも、一緒に持ってきてしまった机上のチケットホルダーへ手をのばした。

「…」

ホルダーが必要なほどの趣味はないのだが、そんな自分が見てもいい品だと判る。

長二折りになっているチケットホルダーは革製だが薄身のシンプルなデザインで、その分洗練された印象があった。いい革を使っているのだろう、一見硬そうに見えたホルダーは持つとしっとりと馴染《なじ》む。かといって、くたくたした柔らかさではなかった。

長い年月愛用し、丁寧に使い込まれたものだと判る。

藤森は手触りの心地よさを感じながら、改めてホルダーを開く。

試写会の映画の主役は、最近よくテレビなどで見かけるようになった鷹来《たかぎ》嶺至《みねよし》だった。

この頃鷹来が気になって、テレビに映っているとなんとなく観てしまう。

「以前佐久間に似ていると言ったから…とかじゃないよな…」

チケットに書かれた簡単な案内を見ると、彼が俳優仲間と作ったインディーズの作品らしい。それが日本のバイヤーの目にとまったのか、小さい劇場で公開されるようだ。

書かれていた劇場名も、藤森は初めて見る。ここから電車でそうかからない場所だ。

「あいつ、映画好きなのか？」

そういえばデート、と言い出した時も映画を観にいこうと誘っていた。

デートに映画は珍しいものではないが相手の趣味もあるので、出かけるならもっと好みが判るくらい親密な間柄になってからというイメージが藤森には漠然《ばくぜん》とある。

「親密…あいつと？」

親密という言葉に触発され、藤森は昨夜のキスを思い出しかけて慌てて首を振った。別にあれは、親密でしたものではない。…断じて。

「…」

唇が重なったと同時に、すぐに腰にまわされた佐久間の腕の強さがまだ残っている。キス慣れしていると判る、優しいがどこか情熱を孕んだキスだった。

藤森は無理矢理キスのことを遠ざけ、改めてチケットへ意識を向けた。

テレビで宣伝されるものばかりではなく、日本でも映画は多く公開されている。だが殆どの…ファンと呼ぶ以前の、宣伝やタイアップなど大がかりなプロモーションで初めてその作品を知るようなライトな利用客は大きな劇場以外での映画をよく知らない。

この試写会も、そういった類の単館上映されるような規模のものだった。

映画好きはマニアックだと聞くし、佐久間もそうなのかも知れないと藤森は納得する。

「明日…」

卓上カレンダーに、明日の予定は書き込まれていない。

図書館が閉館でも、研究室でやることは多くある。だが、どうしても明日中にやらなければならない急ぎのものはないし、この駅なら一度アパートへ戻ってから着替えても…。

「…!」

そこまで考え始めていた藤森は我に返り、慌てて自分の考えを飛ばすように首を振る。

何を考えても、佐久間と結びついてしまう。

「誰かと出かける? 俺が?」

この大学で流れている噂を知っている者は、どこかへ行こうと自分を誘ったりしない。

それでも誘ってくる者は噂を信じて下心で近付いてくるか、好奇心のどちらかだ。

「あの男は、俺の噂を知らないのか…?」

昼間の佐久間はいつ見ても、友人達と笑っている。夕方見まわりの時間までいる図書館でも、業務を手伝う彼に必ずと言っていいほど誰かがいつも傍《そば》にいた。

彼が一人でいる姿など、藤森は見たことがない。

彼と一緒にいる相手は同期の学生だけに限らないから、佐久間が噂を知らなくても善意の者が親切心で彼に教えるはずだ。今朝のことにしてもいい例で、佐久間を連れて行ったあの

男が何故自分と引き離したかその理由を教えるだろう。

話を聞いた佐久間が、どれだけ信じるだろうか。

「…ふ。これまで誰が何を噂してようと、気にならなかったのに」

藤森は自虐的《じぎゃくてき》に笑うと自分の考えもそれでおしまい、というようにホルダーを閉じた。

そして少し勢いをつけて立ち上がると、提出された受講者のレポートチェックをしていた隣室の高畑の元へ向かう。

「教授《せんせい》、ちょっと駅前まで買い物に行ってきます。何か用事ありますか?」

「それならドーナツをお願い出来るかな。採点してると甘いものが欲しくなる」

「判りました。じゃあ…」

ドアノブに手をかけて部屋を覗き込んでいた藤森は、そのままドアを閉めようとする。

その耳に、高畑の声。

「あぁそうだ…彼と、どうしたの?」

「…は?」

誰のことを言われたのか一瞬判らず、藤森は思わず訊き返してしまう。

「朝、改札抜けた少し先で背の高い学部生…あぁあの図書館にいた彼かな、何かもめていた様子だったから」

さりげない口調を装っているが、高畑の声はどこか探っているように聞こえる。

朝の様子を高畑に見られていた、だが藤森はその動揺《どうよう》を表情に出さなかった。

「別に、なんでもありませんから大丈夫です」

藤森は興味もなさそうにそう報告すると、高畑の返事を待たずに扉を閉めた。

「…」

研究棟を出ると、開け放たれた廊下の窓から正門の中庭を挟んで本校舎が見える。午後に授業をとっている学部生はまだ講義中の時間だ。

あの中に、佐久間もいるのだろうか。

そんなことをぼんやり思いながら藤森は警備員に軽く会釈して正門を出ると、目的である駅前の商店街の店にはどこにも寄らずに電車に乗るため真っ直ぐ駅へ向かった。


藤森が出かけて三十分ほど過ぎた頃。

「…?」

佐久間が講義で使っていたタブレットの端に、メール着信を知らせるマークが点滅する。

講義にタブレットを導入している教授も増えたため、入学祝いとして大学側から新入生全員に端末が贈られているが、同程度の性能があれば佐久間のように自前の持ち込みも許されていた。佐久間のは嶺至に貰ったもので、かなりカスタマイズされている。

メールの送信者は楓理からだ。

授業の前に楓理に届ける夕食のリクエストを訊《たず》ねていたので、その返事だと思って軽い気持ちで開くと、今日はケータリングが必要ないという。

『隣の人が俺が寝込んでたのを知って、ご飯と飲み物とデザート届けてくれたから』

「隣の人…？」

部屋の隣人のことなど、楓理から話も聞いたことがないが。

「…」

幸い今日と明日はバイトがない。

同性の親友相手に我ながら過保護だとは思うが、シノが不在のこともあり念のためその親切な隣人を見に行くことにした。

「え？　わざわざ来てくれたんだ？　いいって行ったのに」

大学の講義が終わってから楓理の部屋へと立ち寄った佐久間は、元気そうな親友に苦笑混じりで出迎えられる。

「シノ先輩がいない時になんかあったら、責められるのは俺なんだよ…」

「佐久間も先生も過保護だよねえ。寝てばっかりで何もしてないから散らかってるけど、少し上がってきなよ」

そう言って笑いながら玄関のドアを大きく開いた楓理へ、佐久間は首を振った。

「いや、楓理の元気そうな顔も見たしこのまま帰るよ。…隣の人、いないんだろう？　俺、てっきり隣の人も部屋に帰ってきているものだと思ってたから」

「うん。途中で抜け出してわざわざ届けてくれたみたいなんだ。俺にお弁当渡して、そのまま自分の部屋にも戻らないで行っちゃったから。急いでたみたいだった」

「…楓理、隣の人と仲良かったのか？」

「隣に住んでたのは、初めて知った」

「？」

どういう意味だろう？　と首を傾げた佐久間に楓理は含みのある笑顔を浮かべる。

「いつも夜遅いんだって。気になるなら今度、いつ部屋にいるのか訊いておくよ。今日は来てくれてありがとう。明後日には大学行けると思うから」

やんわりと別れの挨拶をきりだされ、佐久間も帰るためにドアの前から一歩下がった。

「あぁ、じゃあ…治りかけでも用心しろよ…と」

そのまま手を上げて帰ろうとした佐久間は、嫌なタイミングでシノに託された伝言のことを思い出してしまい、思わず立ち止まってしまう。

「佐久間？」

「いや…シノ先輩から伝言があって。あー俺、思い出さなきゃよかったのに…！」

「先生から？　そう言えば先生、帰ってくる前に絶対受け取ってくれってメールが…何？」

パソコンを買った帰りに体調を崩した楓理に代わり、シノを空港まで見送りに行った時にいいがかりと共に嫌がらせにされた伝言だ。

明らかに伝言することに抵抗している佐久間は、一度大きな溜息をついて決意する。

そして眉を寄せたままの顔で、自分の頬へ人差し指を立てた。

「楓理のここに、チューしろと」

「うわあ先生…というか佐久間、そこに先生にされたの？　空港で？」

凄い渋いものでも舐めたような表情のまま、佐久間は無言で頷く。

「そんな覚えはないのに、あの日の空港で俺は男の恋人として世間にカミングアウト」

「…！」

虚《うつ》ろな目で話す佐久間の口調が面白くて、楓理は吹き出してしまう。

「先生と佐久間は長身だから、二人のキスは空港でもかなり目立っただろうなあ」

「感心するのはそこじゃなーいし。うーん…したことに、しない？」

やだ、と楓理はそっぽを向く。

「ずるいよ、佐久間。先生にチューされて。悔しいから受け取る」

「そういうもんか？」

「そうだよ。じゃあ、はい」

さあしてくれ、と楓理は右手でドアを開けた状態で頬を向けた。

「なんだか会社から帰ってきた夫からのキスを待つ新妻っぽいぞ、楓理」

「シチュ的には合ってるんじゃない？」

「合ってるかもしれないけど、相手が違う…友人相手に意識することもないんだよな」

「そうそう」

佐久間はアパートの階段に誰もいないのを簡単に確認すると、目を閉じた楓理の頬へ手を添える。手を添えたのは、相手にキスする時にする殆ど反射に近い行動だ。

「…楓理、睫毛長いなぁ」

そう言えば藤森も、同じように長い睫毛をしていた。…とはいえこんなに近くで彼の睫毛を見たのはあのキスの時が初めてだったが。

「先生みたいなこと言ってる。目を閉じると余計にそう見えるみたいで、いつも先生に同じこと言われるんだよ…」

「つまりそれだけいつも近い位置で見てるってことか」

「そーうーですぅー」

「照れて焦らない楓理は面白くないなあ」

そんなことを言いながら楓理の頬へと唇を寄せようとした、その直後。

視界の隅に何か見えた佐久間は、楓理の頬へ手を添えたまま反射的に顔を上げた。

「藤森先輩…⁉」

誰もいなかったはずの廊下に、コンビニの袋を下げた藤森が立っていた。

「…」

だが藤森は驚いた声をあげた佐久間の声を無視し、くるりと踵を返して上がってきたばかりの階段に向かって戻り始める。

最悪のタイミングだった。

「違うんです、先輩…！」

慌てて後を追おうとする佐久間へ、楓理が小さく告げる。

「俺の隣に住んでる人、あの人…藤森さんなんだ」

「え…えぇ⁉　楓理、なんで今、この状況でそんな大事な情報を…！」

「藤森さんに口止めされてたから」

「え？」

「…行っちゃうけど」

「うわ…！　ごめん、楓理！　後で電話するから…！」

楓理に指され、藤森が既に見えなくなっていることに気付いた佐久間は早口でそう告げると、彼の後を追うために走り出した。

「藤森先輩…！」

「…」

ちょうど階段を降りたところだった藤森は一瞬だけ佐久間へと振り返ったが、呼ばれた声を払うように走り出す。

「待って、先輩！　逃げないで…！　うわ、わ…！」

慌てすぎて階段を滑ったのだろうか、派手な音と佐久間の声が聞こえてきたが、自分で制御出来ないほど怒りに我を忘れていた藤森はもう振り返らなかった。

図書館でアルバイトをしている隣の学部生の楓理が佐久間の友人だと知っていた。その彼が風疹で休んでいると聞き、昼間に大学を抜け出して差し入れを届けたのだ。

一人暮らしのアパートでは、食事もままならない。今年から家族から離れて一人暮らしを始めた男なら尚更だ。藤森はそのことを骨身に染みて経験している。

けして佐久間に恩を売るとか、そんなつもりではなかった…ただ、彼の友人ならと慣れない親切をしただけだ。

夕方に佐久間を見つけてホルダーを返そうとしたが、そんな日に限って会えない。いないと知るとなんだかがっかりしてしまい、探知機で情報収集をする気にもなれずに今日は諦めて珍しく早く帰ってきたのだ。

…それが、最悪のタイミングだと知ったのは階段を上がった直後。

「そしたら、佐久間《あいつ》…！　恋人がいたくせに、なんで俺を」

佐久間の背中が壁になり、藤森には彼らがキスをしているようにしか見えなかった。

どうして自分が腹を立てているのか…否、これは嫉妬《しっと》だ。

「バカだろ、俺…」

これは怒りではなく嫉妬だと、自覚すればするほどまた自分が腹立たしくてたまらない。

自分は何に嫉妬をしているというのだ。キスをしてもらっていた、あの彼に？

キスなら、自分も佐久間としたばかりだ。…違う、そうじゃない。いいや、あれは違う。

藤森が一方的にしかけたもので、あんな互いを求めるように仲睦《なかむつ》まじいからこそするキスではなかった。なのに何故、自分はこんなにも怒りを覚えてしまうのだろう。

佐久間は、自分のものでもないのに？　それどころか、彼を迷惑がっていたではないか。

彼が誰と何をしていようと、それに対して自分がどんな感情も持つ権利などないのに。

「なのに、どうして…！」

デートに快く応じていたら、こんな気持ちにならなかったのだろうか。

声をかけられて嬉しい気持ちを正直に出していたら、よかったのだろうか。

判らない。頭が混乱していて、正常な思考すら働かないでいる。

キスを目撃してしまったからといって、何故自分が逃げ出さなくてはならなかったのか。

激しい嫉妬に駆られているのに、同時に自分が酷くショックで狼狽《うろた》えている。

確かに怒りのはずなのに、子供のように泣き出してしまいそうになっていた。

「キスする相手がいるなら、そっちを誘えばよかったんだ…バカ…！　あいつが後ろから追いついたらそう言って、ホルダーを顔に叩きつけてやる」

突き上げる感情に任せて走っていた藤森は、自分に言い聞かせるようにそう呟く。

だが結局藤森はその日、佐久間に摑まらなかった。

…何故なら佐久間は、最後まで彼を追いかけなかったからだ。


翌日、佐久間は大学に姿を見せなかった。

わざと休んだのか、それともたまたま図書館の休館に併せて別の予定があったのか。

こんな時、余計なお節介でいろいろ教えてくれるシノは学会で出張中で、大学構内では友人と呼べる人間がいない藤森は途方に暮れるしかなかった。

これまで研究以外で誰かに訊く用事などなかったし、友人がいなくても困らなかったのに。

むしろいないほうが気楽に過ごせていた…はずだ。

散々悩んだ挙げ句、藤森は試写会のある映画館へ向かった。

映画館は降りた駅の目の前にある繁華街の雑居ビルにあり、パチンコ屋とコンビニエンスストアに挟まれた細い急な階段を上がった場所らしい。階段の上に小さな看板があった。

上映は夜の七時四十分から。

一度映画館の受付まで行き、今日は試写会なので当日券がないことを確認する。藤森の持つチケットがなければ、佐久間は中へ入れないのだ。

再び外へ出た藤森は目立つ映画館の前ではなく、道路向こうのガードパイプに寄りかかる。ここなら多い人通りも見えるし、何より駅からの人の流れが一目瞭然《りょうぜん》だった。

「俺がチケットを持っていたから観られなかった、なんて後で文句言わせないからな」

ここで待っていたら、佐久間は来るはずだ。…そう思うだけで、落ち着かない。

携帯で時間を確認すると、あと小一時間くらいで上映になる。

「誘ったのは、あいつのほうなんだから」

約束した、だから自分に試写会のチケットを寄越した。

「…」

地に足が着いていないような気持ちのまま、藤森は何度目か判らない時間を確認する。

ここに到着して、まだ数分も経《た》っていない。

最初の二十分は怒りに、それから十分はこの場所で本当に正しいのかチケットを確かめ、それから後はもしかしたら…という不安が藤森の気持ちを占め始めていた。

「誘われた時に俺、行くとは返事してない…けど」

昨夜あんなことがあったし、来ないと思われて勝手にキャンセルされたのだろうか。

藤森が到着してからでも、ほぼひっきりなしに階段を上っていく人々が見られた。

上映五分前、駅から急いで駆けてくる人もいる。女性、男性…男性のほうが人数が多い。

「うー…」

昨日にはあった衝動的な感情は待っている間に消え、今度は不安が膨んでいる。

来るのか来ないのか、それだけでも判ればこの宙に浮いたような気持ちがなくなるのに。

「こんなことなら、あいつの連絡先だけでも聞いておけばよかった」

所在の確認をしようにも、藤森は佐久間の携帯番号もアドレスも知らなかった。

佐久間がどこにいるのか、そんな簡単な確認手段すら藤森は持っていない。

昼間大学でそうであったように、連絡のつけようがない今の状況に頭を抱えてしまう。

気軽に訊ねられる人間がいないことで状況判断に困り、こんなに頼りない気持ちになるのは本当に久しぶりだ。

「むしろ、まだ自分にそんな感情が残っていたことにも驚いた」

…判っている、本当はこんなことをしている場合じゃない。

「だけど」

手元には、佐久間の私物を預かってしまっている。そして傘のことも訊かなくては。

「それだけやれば、あとはいつも通りにする。俺はひとりでいればいいんだ」

藤森は自分に言い聞かせるように小さく小さく呟くと、もう一度時間を確かめてから立ち上がった。変な緊張をしているせいか、妙に喉が渇いてしまった。

「あそこで買い物をしてもレジから見えるし、佐久間が来れば目立つからすぐ判るだろう」

そう呟いた藤森が目の前のコンビニエンスストアへ入ったまさにその直後、二階の雑居ビルの窓から佐久間が外を覗いたのだった。


「お友達、いた？」

嶺至の友人であり、今回の試写会の企画者でもある水谷《みずたに》が佐久間と共に窓の外を覗く。欠片《かけら》でも見落とさないつもりで外の通りを凝視していた佐久間は、肩を落とした。

「うー…いない、です。もしかしたらたった今、シアターに入ったかも」

チケット売り場へ行こうとする佐久間を、水谷は年上の女性らしい仕種で止める。

「駄目よ、それ以上うろうろして捻った足首、もっと悪くするつもり？　以前の事故で痛めていた場所でしょ？　気になるなら私が見てくるから、ここで待ってて」

「いや、いいです。…すみません」

言われ、佐久間はしゅんとなって用意して貰っていた椅子に座り直した。

時間は、上映五分前。

佐久間が女性と共にいるこの場所は客席後部にある装置室だが、劇場自体が小規模なためスタッフの控え室と兼用になっている。

昨夜階段から転げ落ちた佐久間は酷く足を捻り、混雑時間に電車を使わなければならない大学は行くのを諦めて早めに車を使ってこの映画館へ来ていたのだった。

「やっぱり来ないかなあ」

装置室から暗幕のカーテンをめくると、背後から客席が一望出来る。

試写会は指定席なので、藤森がまだ来ていないことはここから確認出来た。

「…」

彼は二人分のチケットを持っている。佐久間がホルダーごと渡したのは、わざとだ。

藤森に関して流れている噂は長谷に言われるまでもなく、嫌と言うほど耳にしていた。

噂は荒唐無稽《こうとうむけい》な内容ほど具体的で、実際に在籍している学生の名前まで入っていることもあって、だからこそ噂を真実だと信じ込んでいる人間も多い。

だがそのどれもが、実際の藤森とまるで結びつかない。交わした言葉は多くはないが、彼の噂の中に必ず含まれる不真面目さや軽率さなど皆無だということを佐久間は知っていた。

「いくら俺の友人だと知ったからって、最低限の挨拶しか交わしたことのない隣の住人にわざわざ大学を抜けてまでお弁当を届けてくれたりはしないよ。…先輩なら」

映画を一緒に観るつもりがなくても、ここまでチケットを届けに来るだろう。チケットは招待券で、小さい映画館は人数も限られている、今日は当日券の発売もないので、受付に託《ことづ》けてチケットを渡して貰うよう頼めばいい。

藤森の行動をそう予測して、佐久間は入場が始まると何度も受付まで訊きに行っていた。だがそれらしい客はまだ訪れず、もしかしたら下で待っているのかも知れないと暗幕を払って二階から外を見せて貰ったのだ。

だが、藤森の姿は下にもなかった。

間の悪い入れ違いでコンビニへ向かったことを、佐久間は知らない。

「弟君、どうする？　そろそろ上映だけど…席で待ってる？」

彼女に言われ、佐久間は足に体重をかけないように立ち上がる。

事故で怪我《けが》をしていなければ、昨夜無理にでも藤森を追えたのに。

「…ま、あの事故で助かったんだから贅沢《ぜいたく》は言えないか」

佐久間は自分を励ますように呟き、包帯で固められた左足を重そうに動かした。

怪我自体は捻挫《ねんざ》だが以前の事故もあって症状が酷く、骨折のような処置を施されてしまっている。今日は持ってこなかったが、当分の間通学には松葉杖が要りそうだ。

「席に行く？」

佐久間は少し考え、頷く。

「そうします。多分、一番確実のはずだし」

受付にチケットを預けた人物が来たら教えてくれるよう再度頼み、佐久間は装置室を出る。

そしてちょっと考えてから念のため、と用心しながら苦労して階段を降りて外へ出た。

「うーん、いないか…」

やはり、藤森らしき人物はいない。数分程度の時間差だが、装置室を出る時にすれ違いになったかもしれないと佐久間は再び中へ戻った。

佐久間が階段を上っていく途中で、急いで来た客が下から慌ただしく続く。

だから佐久間の背中は、混んでいたレジを済ませて出てきた藤森には見えなかった。

上映時間を過ぎてからしばらくして、雨が降り始める。

「…帰ろう」

鞄の中には佐久間から渡された折りたたみの傘が入っていたが、とても使う気になれなかった藤森は次第に強くなる雨脚をきっかけに佐久間を待つことを諦めて帰宅した。


雨は翌日も降り続き、前日よりも酷い夜を過ごして碌《ろく》に眠れなかった藤森は珍しく大学構内にあるカフェで少し早いランチをとっていた。

研究室には珍しい来客で、普段昼食時に使っている部屋が使えなかったからだ。

ここのカフェが研究棟に一番近かったので入ったのであって、お洒落な店構えなのにボリュームもあることからイート・インが可能なショップの中で男子学生達にも人気で、この店で何度か佐久間を見かけているからでは、けしてないのだと…藤森は自分に言い聞かせるように並べ立てた『佐久間は関係ないから』の理由が自分自身で忌々しい。

「…」

外は無音で雨が降り続いている。藤森がいる場所はテラス席と呼ばれ、壁を取り払ってフローリング床を張り出させ、周囲三方と天井を透明なガラスで覆ったサンルーム仕様になっている人気の席だ。見上げると高い天井もまた、雨空が濡れたガラス越しに見えた。

今日はあいにくの雨だが、晴れの時は開放されることで心地好い風が吹き抜ける。暑い日は布のサン・シェードで暑さを凌《しの》ぎながら空調を入れるので、四季通して過ごしやすい。

大学なのにこうした垢抜《あかぬ》けた店が多いのは、構内にある飲食関係のショップの殆どは学校の直接経営ではなく外部業者に委託しているからだ。人気のないショップは撤退しなければならないので競争意識が生まれ、結果的に学生にも好評な店が多い。

これでもかとシャワーのように天井とガラス壁を濡らす雨越しに、手入れの行き届いたグリーンが雨に打たれ緑をさらに濃くしている。

藤森は雨が嫌いではない。外の雑音を閉ざしてくれるので、心が落ち着くからだ。

だが今日はいつもと違い、気分は最悪。

「…」

頬杖をついたまま上の空で見続けている外は、雨…そしてまた雨。

そんな藤森の横顔に、柔らかな声がかけられた。

「…ん、藤森さん」

「…！」

どれだけぼんやりしていたのか、自分を呼ぶ声に藤森は弾かれたように顔を上げる。

そこには隣の部屋に住む楓理がトレイを持って立っていた。

「君は…」

「すみません、ここ相席《あいせき》させてもらっていいですか?」

「いや、俺は…」

それなら席を譲ろうと立ち上がった藤森を、楓理はやんわりと止めて少し体を寄せる。

「実は苦手な先輩がいて、声をかけられそうで困っていたんです。藤森さんと一緒にいさせてもらえませんか?」

楓理はそう言って、さりげなく背後へと目線を流す。それに促されて彼の背後を見ると、言葉通り楓理の様子を窺う学部生がいた。

だが藤森と目が合うと、気まずそうにその場から離れていく。

「…俺と同席しているほうが、嫌な思いをすると思うが。それでもよければどうぞ」

再び腰を下ろした藤森に、楓理は改めて会釈してから向かいの席に座る。

そして二つあったトールサイズのドリンクのうち、一つを藤森へ差し出した。

「先日はお弁当、ありがとうございました。お陰で助かりました。今両親は仕事でいないので、親代わりの祖父母から改めてお礼させてもらいますが…よければこれ飲んでください」

「別にお礼が欲しくてしたわけじゃないし、あれは俺のお節介だ」

ぶっきらぼうな藤森に、楓理は承知しているというように頷く。

「お金を払ってもして貰える親切ではないし、俺は本当に助かりましたから。…それで」

何を言い出そうとしているのか、楓理は顔の前で拝むように両手を合わせて頭を下げた。

「実は俺、藤森さんに会ったら謝ろうと思っていたことがあったんです」

「え？」

「佐久間今日も休みだし、もしかしたら言い訳だと思われるのが嫌で藤森さんに言わないかも知れないから、俺から…！　この間藤森さんが見たの、俺のせいなんです」

佐久間という言葉に、藤森の肩が僅かに跳ねる。だが楓理はそんな様子に気付かないふりをして続けた。

「実は俺、つきあってる人がいて。でも、それは佐久間じゃありません」

「…」

「この間、熱を出した俺の代わりに、約束していた用事の手伝いを佐久間がやってくれたんです。そしたら、俺へ伝えてくれって頰にキスされてしまって」

「佐久間が？」

「嫌がるの判ってて、向こうにからかわれたんです。だけど俺…その人にキスしてもらった佐久間に嫉妬《ヤキモチ》やいて、佐久間は嫌がってたんですけどその人のキスを受け取りたくて。でも結局未遂であいつとしてないんです。する直前で佐久間が顔を上げて」

「俺が帰って来たからか。…佐久間《あいつ》の友人は皆、いい奴ばかりだな」

藤森の皮肉を察した楓理はそれは違う、と毅然《きぜん》と首を振る。

「俺、いくら佐久間のためでも嘘言って庇《かば》ったりしません。俺と佐久間は友人であっても、恋人同士とか、そういう類の特別な間柄じゃないです」

自分に向けるまなざしは真っ直ぐで、楓理が嘘をついているようにはとても見えない。

だからつい、藤森も本音を吐露《とろ》してしまう。

「…後ろめたくないなら、その場で佐久間自身が俺に説明すればよかっただろう？」

言うつもりなんかなかった言葉が唇から滑り出た時、それは自分の耳でも拗《す》ねているようにしか聞こえなかった。

そんな藤森の反応に、楓理はちょっと首を傾げてからゆっくりと口を開く。

「あの時佐久間は、藤森さんを追いかけたくても追いかけられなかったんです。俺と知りあう前ですけど、佐久間は大きな交通事故に巻き込まれて大怪我をして事故の後遺症で全力疾走はもう無理だって聞いてます。あの時追いかけようとして階段から落ちたのも、巧く足が動かなかったからだと思います。雨の前はしんどいって、よく言ってますから」

「…！」

本人は大丈夫だと言い張っていたのを、強引に救急車を呼んだのだと楓理は補足した。

楓理は席に着いたまま、深々と頭を下げる。きちんとした、綺麗な礼だ。

「だから本当はあの日も佐久間、それでも藤森さんを追おうとしていたのを無理に止めたのは俺なんです。佐久間、年齢《とし》が違うんです。向こうが一つ上。ウチの高校は結構この大学へ進学するし、あいつが他の一年より先輩の知りあいが多いのはそのせいなんです」

事故で留年を余儀なくされるほどの怪我なら、相当の重症だったはずだ。

使われていない図書館の三階でシノに佐久間を紹介された時、年齢が三歳差だと言っていた。一年生で二十歳《はたち》なら、浪人でもしたのだろうとしかその時は考えなかった。

「佐久間の足…は、大丈夫なのか？」

それで昨日、佐久間は来られなかったのだろうか。

藤森は今まで抱《いだ》いていた佐久間への怒りと不満の感情が一瞬で吹き飛び、その穴を埋めるように心配な気持ちが募る。

「救急車でかかりつけの病院で診てもらって、処置は完璧にしてもらったって電話がありましたから怪我自体は大丈夫だと思います。…だけど昨日約束があるからって、大学休んでまで出かけて…夜に雨に濡れて熱。もともと怪我で熱があったのに」

「その、約束って…」

楓理は首を振りながら知らない、と両手を上げた。

「すみません、約束の内容までは。ただその日は試写会に行くって聞いていたので、誰かと約束して一緒にいくつもりだったみたいです」

「…」

だが、佐久間はあの映画館には来なかった…はずだ。

「佐久間が誰かとの約束であんなふうに楽しみにしていたのも珍しいし、怪我の対処には用心深いはずの彼がそれでも押して行ったくらいなら、相当大事な相手との約束だったんじゃないかとは思いますけど」

「佐久間は…映画とか、好きなのか?」

動揺を隠すつもりの言葉だったが、震えてしまっている。

「好きですね、暇さえあればよく観に行ってるみたいです。佐久間のお兄さんは映画関係の仕事なので余計に。佐久間は普段、映画は一人で行くんですよ。だから余計に珍しいなって。試写会もお兄さんの知りあいが場所を貸してくれたから、ついでにいい席を貰ったって」

では、もしかしたら。

「もしその…映画館なら佐久間、チケットがなくても中に入れたり…するのか？」

「ええ、大丈夫だと思います。人手が足りないからと頼まれて、休暇中にそこでアルバイトしていたこともあったぐらいだからオーナーとは顔見知りのはずですし」

では佐久間は藤森よりも早くあの映画館にいて、中で待っていたのだろうか。

昨日雨が降り出したのは、上映時間が過ぎてからだ。彼が濡れて帰ったのなら、少なくとも上映時間以降になる。

「俺…てっきり、あいつが来なかったと、思ってて」

雨の夜にどれだけ長い時間、怪我をしたばかりの人を待たせてしまったのか。

その言葉で佐久間と待ち合わせしていたのは自分だと楓理に打ち明けてしまっているが、藤森は気付かない。楓理もまた、そのことに触れなかった。

「佐久間は。もし、自分から誘った約束なら必ず守ります。…あの、これ」

楓理は自分のスマートフォンから佐久間のアドレスを開いて、見せた。

「よければ、佐久間に電話を入れてやってください。あいつ格好いいことも多いですけど、案外意気地なしな所もあるから」

「だけど、俺では…迷惑が、かかる」

目の前に座る後輩も佐久間もこんなに親切なのは彼らがまだ一年で、自分にたてられている噂を知らないのだ。もし自分が関わったことで、彼らにとって不本意なことがあったら。

見せられた携帯の番号は佐久間に繋がるものだと判っていても、藤森はそう思うと手を出したくても出すことが出来ない。

「ちょっとすみません」

楓理は何故藤森が迷惑がかかる、と言うのか知っている。だからそんな藤森の様子を見かね、楓理は一度手元へと戻すと画面に触れて発信ボタンを押した。

耳にあてて呼び出し音を聞きながら、楓理は控えめな声で呟く。

「こんなことを言うのも変な話だとは思うんですが。俺達…佐久間と俺、全部じゃないけど藤森さんの話を耳にしてます。図書館でバイトしてると、噂って集まりやすいみたいで」

「…っ！」

頬に緊張を走らせた藤森へ楓理は柔らかに、だがはっきりと首を振る。

「でも佐久間が。『もっともらしい噂ほど本当のことってまずないし、自分が直接被害に遭ったわけでもない。俺は自分で藤森先輩という人間を判断する』。…俺も、そう思います」

『はぁーい』

電話は繋がり、耳慣れた声だがいつもよりのんびりとした返答が聞こえてきた。

相手が楓理だと判っての、電話の対応なのだろう。

「もしもし、俺でーす。…代わるから、ちょっと待ってて」

相手が出たことを確認した楓理は、自分のスマートフォンをぽい、と投げるように藤森へ渡す。反射的に受け取ってしまい、すぐ返そうとするその耳に、聞こえてきた佐久間の声。

『もしもーし？』

「…！」

佐久間と繋がったままのスマートフォンを返される前に席を立った楓理は、お昼の買い足しをしてくるから、というわざとらしいジェスチャーでテーブルから離れていった。

「…もし、もし」

相手は佐久間だ。そう思うだけで動悸《どうき》が速まり、手にじんわりと汗をかいてくる。

『あれっ？　藤森先輩？』

「今、近江君といて。大体の話を聞いた。昨日、映画館に来ていた…のか？」

『ええと…はい』

返ってきた答えに藤森は安堵《あんど》と、そして自分への後悔で溜息をついた。

「ちゃんと…！」

『はいっ？』

怒られたのかと思い、電話向こうの佐久間が姿勢を正したのが判る。

「今度は…ちゃんと、お前から話を聞くから。だから、お前の言葉で、もう一度説明してくれ。それから…」

『？』

「昨日の埋め合わせも、させて欲しい」

違う、言いたい言葉はそうじゃない。焦る気持ちが空回りしていて、巧くいかない。

まるで言葉が喉で引っかかって、団子状態のようだ。

『いや、昨日のことはいいですよ。ちゃんとした待ち合わせも決めていたわけでは…』

「俺が…っ、そうしたいんだ」

『…先輩？』

詰まる声に、佐久間の気遣《きづか》わしげな言葉が恥ずかしくて心地好くて、苦しい。

「俺がお前に、逢いたいんだよ。クソ…！」

ずっと、そう思っていた。だからずっと苦しかった。

勝ち負けではないのに、負けた気分がしてたまらない。だけど佐久間にそう告げた途端、
胸にずっとあった息苦しいようなつかえが取れて、気持ちが軽くなった。

そんな藤森の耳をくすぐるように、電話越しに佐久間の笑い声が響く。

『！　あー…、最後のクソ…！　が先輩の本音ですよね。うん、俺も、先輩に逢いたいです。

先輩今、どこにいますか？　行きますよ』

「どこって…構内のサンルームカフェだけど…行くって、お前こそ今どこにいるんだ？　熱があるんだろう？　部屋でおとなしく寝ているんじゃないのか？」

『寝てたんですけど思い出して、今日〆切のレポートだけ出しに大学へ…ええと、そろそろ

駅前くらいかな。車なんで』

藤森は店内の時計を見る。高畑はまだ、接客中のはずだ。行くなら今しかない。

「判った。俺が行くから、駅前で待ってろ。それから…一度しか言わないから、覚えろよ」

佐久間の返事を待たず、藤森は軽く息を吸い込んで自分の電話番号を早口に告げた。

『んー…はーい、覚えましたー』

そう言ってくれる佐久間の返事が、たとえ嘘でも藤森は嬉しかった。

…本当は、さっき楓理に見せて貰った時に佐久間の携帯の番号は覚えている。

だから今伝えたのは、自分に繋がる番号を彼に教えたかったからだ。

「そうか」

『じゃあ駅前で待ってます』

そう言って、通話を終わらせたのは佐久間のほうから。

電話を切った藤森は、テーブルに広げてみたものの手つかずのままでいたタブレットと研究資料を乱暴にとりまとめると鞄へ突っ込み急いで立ち上がる。

そして本当に買い足しをしてきて戻って来た楓理の手を素早く握った。

「ありがとう、近江。これから佐久間と逢ってくる」

すぐに手を離したのは他の者の目に止まらぬようにだが、それだけで不器用なこの先輩からの精一杯の誠意なのだと、楓理にはちゃんと伝わる。

「いいえ。俺は、何も。俺とあの人は藤森さんの応援団ですから」

「？　うん」

あの人、というのは佐久間のことだろうか？　急いでいた藤森は深く考えず、頷く。

それから普段の沈着冷静で、常に周囲に壁を作っている藤森とは同一人物とはとても思えない様子で慌ただしくカフェを後にした。

「そうだ、傘…」

この雨では外に出るには傘がいる。だが、自分の傘は研究室だ。

取りに帰って高畑教授にひきとめられたら、外に出られなくなるかもしれない。

それならビニール傘を購買で求めようと、無意識に鞄の外から財布を確認する。

「あ」

鞄越しに手に感じたのは、佐久間から渡された折りたたみの傘。

躊躇は一瞬、一秒でも惜しい藤森はその傘を鞄から出した。

「すまない、使わせてもらう」

もし佐久間がここにいたら、わざわざ言う必要はないと笑うだろう。そんなことを思いながら、藤森は傘を広げていく。痺《しび》れるような心地よさが、全身を巡る。

考えなくてはいけないことは、沢山あった。

「…判ってる、本当は行ってはいけないんだ。だけど」

自分のこの行動が後で佐久間にどれだけ迷惑がかかるかとか、初対面から彼を痛烈に拒んでいた意味とか、この大学で孤独でいなければいけないことに甘んじている理由とか、何故自分が必死になって幽霊の存在を見つけ出そうとしているのか。

「忘れたりしない。だけど、今はそれどころじゃないんだ」

佐久間に逢いたい、そのことだけが今藤森の思考の全てになっていた。

だから頭のどこかで響く警鐘も、無理矢理聞こえないふりが出来た。

傘骨を一本ずつのばしていくのも、もどかしく感じながら藤森はやっと傘を開く。

そして傘の内側、露先《つゆさき》に近い縁の部分に書かれていた文字が目に止まった。

"Smile for me"

「…！」

明らかに手書きと判るそれは、布用に対応した白のペンで走り書きされている。

傘を開かなければ、気がつかないメッセージ。そして、傘の中にいないと判らない。

佐久間が書いたのだろうか？　わざわざ？

「だとしたら、あいつは相当のお節介やきだな…」

そう呟いた藤森は自分が笑顔を浮かべていることにも気付かないまま、佐久間の待つ駅へと急いだ。

駅は西口と東口があり、学生達が主に利用している改札は西口になる。住宅が多いのも西口側なので、それに併せて賑《にぎ》やかな商店街も西側にあった。東口は主にバスターミナルと幹線道路へ向かう道、そしてビルが建ち並んでいる。

車で来るなら東口だろうと藤森《ふじもり》は西口脇にある地下の連絡通路に向かう。

「藤森先輩…！」

雨音に混ざって聞こえてきた声に振り返った藤森は、見えた光景に思わず動きが止まる。

そこには一台の真っ黒な車が停まっていた。フロントには三つ叉《トライデント》の槍のエンブレムを冠した車、マセラティだ。

藤森は運転席から不自由そうに出てきた佐久間《さくま》へ、急いで傘を向けて雨を遠ざける。

左足首を包帯で処置され靴が履けないのだろう、佐久間の足下は素足にサンダルだ。

室内着でそのまま来たのか、ルームパンツのような幅にゆとりのある七分丈パンツの裾《すそ》から巻かれた包帯が見える。

「その傘…」

使って貰《もら》っていることが嬉しくて、佐久間から笑顔が零《こぼ》れた。

「悪い、使わせて貰った。きちんと乾かしてから返…」

Smile for me

「その傘は先輩にあげたものですよ。俺に返さないでいいです」

「ん…、そうか…」

ぎこちなく頷《うなず》きながらなんとなく恥ずかしくて逸《そ》らせた先に、車が目に止まった。

「ところでこれ、マセラ…ティ？」

「そうです、マセラティ」

藤森はメカにあまり興味がないが、さすがにこれほど有名な車ならエンブレムで判る。

優美な流線型をした美しいボディラインを、やまない雨が沿うように淫《みだ》らに濡《ぬ》らしていた。

これだけ雨に濡れているのなら、もっとエナメルのように光沢があってもいい様なものなのだが表面に特殊な加工を施しているのか、この車は不思議な色合いを見せている。

「佐久間、車好きなのか」

指摘され、その意味を察した佐久間はとんでもないと首を左右に振る。

「いや…！いやいやいや！　まさか、違います！　これ、兄貴の車です。俺、親の援助ないんで兄貴の部屋に転がり込んでるバイト三昧《ざんまい》の苦学生ですよ？」

「お兄さんの？」

「そうです。今日〆切のレポート思い出して、提出に車を借りたんです」

「あぁ…そういえば近江《このえ》が、佐久間のお兄さんは映画関係の仕事だって言ってた。こんな高級車乗ってるなんて、芸能人みたいだな」

「ははは…」

実はそうなんです、とも言えず佐久間は笑うしかない。

藤森は佐久間へと顔を上げる。

「…佐久間。一つ教えてくれ」

「はい」

不意に真面目な表情になった藤森を、佐久間は真っ直《ます》ぐ見つめた。さっきのカフェでも近江が同じように自分を見ていたな、そんなことを思いながら藤森は続ける。

「もしかして昨日の映画館に、佐久間はいたのか？」

「いました。顔見知りの映画館だったんで、先に中に入れて貰っていたんです」

佐久間からの即答は、嘘偽りのない静かな声。

「…俺も、いたんだ」

「え？」

「チケットは二枚共俺が持っていたから、お前が来ないと中へ入れないと思って、外で。…だけど上映時間過ぎても佐久間は来なくて。そのうち雨が降ってきて周囲に雨宿《あまやど》り出来る場所もないし…そうか、来てくれていたのか」

「先輩」

「もういいや、って中に入って映画観ればよかった。そしたら佐久間がいたんだな。…俺の言葉を信じてくれたら、だけど」

そう言って見せた少し寂し気《げ》なぎこちない笑いは、彼がどれだけ自分の言葉が相手に信じて貰《もら》えず傷ついて来たのかを教えているようで佐久間の胸を締めつける。

「信じます、先輩。だってそんな嘘、わざわざ先輩が俺につく必要なんてないし。…逢《あ》えなかったのは、残念でしたけど」

「…来ても、チケットだけ佐久間に返して帰ったかもしれないのに？　俺は昨日、本当にそうするつもりで待っていたんだ。観ないで、返すだけのつもりで」

「もしかしたら先輩は受付にチケットを託して、俺に逢わないで帰ってしまうかもって考えていたんです。俺が考えていたよりもずっと、先輩のほうが親切ですよ」

「受付に…？　そんなこと出来るのか？」

不思議そうに見上げる藤森に、佐久間は頷く。

「出来ますよ。あー、劇場の窓口で対応は違うかも知れませんが。たとえば待ち合わせしていて相手が遅れてくる時とか往々にしてあるので。あの映画館なら間違いなく」

「そうなのか…知らなかった。誰かと約束して出かけたりとか、ないから」

「…」

「あの映画、鷹来嶺至《たかぎみねよし》。だっけ、出演《で》てただろ？　だから本音言うと少しだけ、観たかった。あの俳優ちょっと好きなんだ」

「うえ…っ」

思わず呻《うめ》き声をあげた佐久間の反応に、藤森は困ったように見上げた。

「前にも言っただろう？　お前に、ちょっと似てる。声も。だからかも知れない」

「…！」

似ているのは、当然だ。兄弟なのだから。自分に似ているから好きだと言われて、佐久間の心拍数は跳ね上がりそうだった。

自分に寄せて傘を傾けてくれている藤森の肩が濡れている。それに気付いた佐久間は、車を指差した。

「藤森先輩、まだ少し時間ありますか？　雨もさっきより強くなってきてるし…車、乗《い》りま中せんか？　立ち話に今の天気はちょっと不向き」

「あ…あぁ。でも俺が助手席に座ってもいいのか？　借り物なんだろう？」

佐久間に逢えたことが嬉しくて、だからその分すぐに帰り難かった藤森だったが、さすがに躊躇《ちゅうちょ》してしまう。そんな藤森へ、佐久間はひらひら手を振った。

「大丈夫ですよ、気にしないでください。…カーセックスはダメって言われてますけど。シートは革張りだし、体液着いちゃうと匂いが…」

「カ…するか！　それになんか…やたらに具体的だな」

「したことあるのか？　なんて訊《き》かないでくださいよ。俺、車なんて持ったことないですから。今の言葉、兄貴が言ったんです。それに、するならもっと広いところがいいですよね」

「そういう意味じゃない…」

「ははは」

女の子のような藤森の反応に笑いながら、佐久間は先に運転席へ滑り込む。それを見届けてから藤森も助手席側へとまわった。車に乗り込む前に、裾が濡れていた白衣を脱ぐ。

バタン、と思った以上に軽いドアを閉めると、途端に外の雨音が遠くなる。

2ドアのスポーツカーだが、4シーター仕様で中は想像以上に広い印象だった。

内装も黒の上質な革で統一されていても、色による圧迫感は全くない。むしろその逆だ。

佐久間は手慣れた仕種《しぐさ》でエンジンをかけ、空調のスイッチを入れた。どちらの趣味なのか
エンジンがかかるのと同時に、藤森がよく聴いている打ち込み系ジャンルの音楽が響く。

「なんだか自分の車みたいだな」

「あー、いじるのに慣れてるから？　よく借りてるし、兄貴の運転手もするから」

そう言ってまた笑う佐久間の横顔を見つめながら、藤森は俯《うつむ》きがちに口を開く。

「さっき近江に、アパートでのことを聞いた。誤解して…逃げて、悪かった。そのせいで」

「あれ？　楓理《ふうり》に会ったんですか？　あ、それで電話くれたんですね」

「向こうから声をかけてくれて。誤解だと、経緯《けいい》を。いや、本当は誤解とかそれすら本当は俺がする権利なんてないのは、判ってるけど。…すまない」

いまにも消え入りそうな小さな謝罪の声に、佐久間は藤森の頭をぽんぽん、と撫《な》でた。促《うなが》されて佐久間を見ると、彼は柔らかな笑顔で自分を見つめている。

「こちらこそ、嫌な思いさせてしまってすみません。まさか隣の親切な人が、藤森先輩だとは思わなかったから。クソ、だからあの人楓理んトコへ行けってせっついていたんだな…」

最後のほうはシノへの八つ当たりだ。楓理を訪ねているうちに、藤森と遭遇する機会があると狙《ねら》ったのだろう。

「?」

「あ、いやこっちの話です。そう言えばあいつに差し入れ、ありがとうございます。いつもバイトの前に届けていたんで」

助かりました、そう続けられた佐久間の言葉が静かに藤森の胸に広がる。

なんだかそれがとても照れくさくて、言われ慣れていない彼の口調は乱暴になった。

「別に、お前にお礼言われたくてしたわけじゃない」

「でも友人として、ありがたいです。楓理が凄《すご》い感激してました」

「弁当屋の飯だ」

「いや、差し入れの中味じゃなくて。先輩、楓理に『何かあったら呼べ』って言ってくれたそうですね『心細いことや不調で誰かにいて欲しい時があるなら、いつでも呼んでかまわない。友人を呼ぶまでの繋《つな》ぎでもかまわないから、遠慮するな』って」

「俺では、迷惑だったか」

どうやら本心でそう思っているらしい藤森へ、佐久間は違うと手を振りながら苦笑する。

「違いますよ、逆です。迷惑に感じて感激はしないですよ。あいつ、当時大学生だった年齢《とし》の離れた叔父《おじ》を亡くしてるんです。進学して一人暮らしを始めて、風邪をこじらせて」

「…そうなのか？」

「はい。俺は家が離れてるし、他の仲いい連中も微妙な距離で。だから先輩にそう言って貰えて、たとえそれが社交辞令であっても、凄く心強いって嬉しそうに俺に話してくれました。俺もそう思います。やっぱり先輩は、優しい人ですよ」

重ねて言われた藤森は自分がどんな顔をしていいのか判らなくなって、膝《ひざ》の上に車内が濡れないように丸めて載せていた白衣を握りしめる。

だから俯いた時に、佐久間の長い足が目に止まった。

「そういえば…足は、大丈夫なのか。熱があるって聞いたが」

佐久間は以前楓理にそうしたように、顔を近付けて藤森の額に自分の額を重ねた。

「どうですか？」

キスが出来そうなほどの至近距離に、藤森は息を飲む。だが自分の動揺《どうよう》を知られたくなくて、なんでもないふりをする分、声がぶっきらぼうになってしまう。

以前はこんな距離、意識もしないでキスをしたのに。

「ちょっと…熱い。もしかして佐久間、そうやっていつも熱をはかるのか？」

そうかな？　と、今度は藤森の額と自分の額の熱を手ではかる佐久間が首を傾《かし》げた。

「えぇ。ん？　いつもって？」

「…以前、秋葉原でお前と近江がそうやってたのを見た。店のガラス越しだったけど、目立ってたからな。最初はバカなカップルが公衆の面前でキスしてるのかと思っ…」

「うええっ」

「だからアパートでも、佐久間と彼がキスしていたと疑わなかった」

「あ、あー…」

佐久間は深い溜息《ためいき》をつきながら、ハンドルへ覆い被《かぶ》さるように沈む。

「そうかあ、それなら先輩が誤解もしますよ。ほんっと、すみません。全部俺のせいだ。先輩から見たら、つきあってる楓理がいるのに、なんで自分にもちょっかい出してくるんだ？　としか思えませんよね。楓理は恋人がいるし、俺とは本当になんでもないんですよ…」

なんでもない、そう告げる佐久間の声が、カフェでの楓理の言葉と重なる。

「佐久間…俺は」

思いつめた声で言いかけた藤森を、佐久間はやんわりと制した。

「あのね、先輩。俺はその人が自分を維持するために必要な、優しい嘘を知ってます。俺は先輩が好きですけど、だからといって先輩の秘密全てを知りたいとか、そういう残酷な傲慢《ごうまん》はありません。言いたくないことや、口に出すのが辛いことは言わなくていい」

「佐久間…」

「俺はね、先輩。先輩がずっと息苦しそうでいるのが、辛いんです。…たとえそれが先輩が自分で決めて、望んだ…加護、籠《かご》でも。でもその理由《ワケ》を無理に知りたいとは思わない」

「…佐久間は、俺の噂《うわさ》を知っていたって…本当なのか？」

「全部ではないと思いますけど…多分、まあ大体は」

佐久間は、藤森を見つめる。彼のほうがずっと年下なのに、包容力のある…何もかもを預けてしまいたくなるまなざしを向けていた。

そんな瞳を持つに至るには、どんな経験が彼にあったのだろうか。もっと佐久間を知りたい気持ちばかりが、次から次へと自分の中から湧《わ》き起こっているのが判る。

「それで、俺に余計なお節介したくなったのか？」

彼の言葉は簡単明瞭《めいりょう》だ。

「まさか、俺じゃあ、お節介なんて無理です。俺はね、先輩に笑って欲しかったんです。気付いてました？　先輩、大学では笑わないでしょう？」

「…っ」

「でも、自分の心が歪《ゆが》むような、上辺だけの笑いならする必要はない。そうではなくて…自分が無意識でも笑える空間って、つまりそれはその人にとって安心する場所ってことでしょう？　安心する場所だから、笑える。好きな人が笑ってくれているなら、ほっとする」

「…それで、傘にメッセージを？」

濡れた傘を指差した藤森へ、佐久間は無言のままにこりと笑う。

彼はこんなふうにも笑うのか、と藤森はぼんやりと見つめた。

「俺に笑って貰えたら、凄く嬉しいけど。それは贅沢《ぜいたく》なことだと判ってます」

「それは…！」

「…？」

「そうじゃ、ないかも…知れないだろ。やってみないと、判らないじゃないか」

自分は何を言おうとしたのか、最後は殆《ほとん》ど聞き取れないくらいに声が小さくなる。

羞恥《しゅうち》で俯いてしまった藤森の手に、佐久間は自分の手を重ねた。

「先輩、一つお願いがあります。どうか、俺を信じてください」

「え？」

佐久間は、また笑う。今度は励ますような、柔らかな笑顔だ。

「先輩は自分が信じられないみたいだから。代わりに俺を信じてください。信じるのは凄く難しくて、不信のほうがずっとリアルで真実味があって本当に正しいことのように感じるけど。でも、だからこそ俺を信じて。俺は、先輩を裏切ったりしない」

「…佐久間？」

「自分は信じられなくても、違うなら信じられるでしょ？　…お願いはそれだけです」

藤森は考え考え…ゆっくりと頷く。

「判った。佐久間のその言葉の本当の意味が判るまで、俺はそうする」

「よかった。是非そうしてください」

「佐久間の話はそれだけなんだな？　…じゃあ、俺からも。今度…今度こそ、一緒にどこかへ出かけよう」

藤森の申し出に、佐久間は意外そうな表情を浮かべた。

「…でも、いいんですか？」

「誰になんの許可がいるんだよ。俺は…佐久間と、近江君が俺のせいで心ないことを言われるのが嫌なんだよ。でも、遠くなら」

あの人の及ばない、場所でなら。

「判りました。じゃあ今度は先輩から誘ってください。俺はいつでもいいんで」

「あぁ」

頷いた佐久間の返事がとても大切な約束のように思えた藤森は、それだけで満足して彼へと改めて手を差し出した。

「じゃあ、寄越せ」

「？」

「レポート。提出するんだろう？　どうせ俺は大学へ戻るから、ついでに学生課へ提出しといてやるから」

「え、いいんですか？」

「嫌なら言わないだろ。もしかしてレポート提出は嘘か？　それとも俺が学生課に提出しないで、捨てられるかも知れないと信用出来ない？」

額で確かめた時もそうだったが、触れた佐久間の熱は相当高い。車の運転をするのに眠くならないよう解熱剤を飲んでいないか、それを上回る発熱なのかどちらかだ。

本人に発熱の自覚がないうちに、早く帰って休んだほうがいい。兄の所へ身を寄せていると聞いているから、看護の心配はないだろう。

「いや、それは本当です。未提出で掲示板に名前貼り出されたら、しばらくの間大学構内のバイトが出来なくなるし。…じゃあ、お願いします」

そう言って佐久間は、自分の鞄《かばん》から出したレポートを遠慮がちに差し出した。

藤森はそれを受け取り、折れたりしないように丁寧にモバイルと資料の本の間に挟む。

「じゃあ、このまま大学の門まで送りますよ。送ったら帰ります」

「え…いや、いいよ」

「だって先輩とこれで別れるの、寂しいから」

「…」

そう言って佐久間はギアを入れる。同じ気持ちでいた藤森は、おずおずと自分もシートベルトを締めた。

佐久間は振り返って背後を確かめ、ちょっとバックさせてから車を発進させる。

慣れているのと運転技術があるのだろう、左ハンドルだというのに路肩《ろかた》へ停めていた車を移動させた一連の動きはスマートだ。

藤森が来た道は車が入れないので、一度東口側へまわる迂回路《うかいろ》を佐久間は選んだ。

「雨で駅前は混《こ》んでるし、ちょっとだけ回り道ですけど」

この車の特徴なのか男子なら誰もが好むパワフルさがありながら、ノイズのない洗練されたエンジン音を響かせて車はスムーズに雨の道路を進んでいく。

やはり、佐久間は運転が巧《うま》い。藤森も運転免許を持っているので彼の技術力が判る。

そつのない佐久間の運転は男らしい中にも上品な丁寧さがあり、イタリア生まれのこの車と雰囲気がとても合っていた。

それから二人は殆ど言葉を交わさないで、聞こえてくる音楽に耳を傾ける。

何か話したら、戻れない道へ進んでしまいそうで。

言葉を交わさなくても、隣にいる相手が自分と同じ気持ちでいると確信出来るから尚更《なおさら》、望みを口にしてしまったら叶ってしまう。

いつもは早く着くことを願う大学への道が、遠ければ遠いほどいいのにと二人は願わずにはいられなかった。

時間にして十分もないドライブを終え、佐久間は藤森を大学の駐車場のある正門脇の道路で降ろした。

「じゃあ、よろしくお願いします。また明日」

「あぁ。お前も早く帰って寝ろ」

素っ気ないほどの簡単な挨拶《あいさつ》で、佐久間から貰った傘を差して藤森は背中を向ける。

車を降りてしまうと、この短いドライブもまるで夢の出来事のようだ。だが夢ではないと判るのは、車を降りて着直した白衣が、車内で握り締めていたせいで少しだけ皺《しわ》になっていたからだった。

「…あ」

門へ向かいかけた藤森は、何故《なぜ》彼がこの傘をくれたのか訊き忘れていたことを思い出す。

だがすぐに今度逢った時でいいと思い直した。

今度逢ったら。

この言葉が、藤森の心を心地好く震わせる。

構内に入れば絶望しそうな現実があると判っていても、今は少しでも長くこの酩酊《めいてい》のような甘い痺《しび》れに浸っていたかった。

振り返らずに去ろうとする藤森が広げている傘に、佐久間は声をかけた。

「先輩……！　電話、してもいいですか？」

藤森が佐久間に教えたのは持っている携帯の番号ではない。

その番号は教えたくても教えられない、だから告げたのは部屋の固定電話番号だった。

藤森は傘ごと振り返る。

「駄目」

「……！　やっぱり先輩だなあ」

想像通りの彼の返事につい笑ってしまいながら、佐久間は藤森が門を抜けて構内へ向かうのを見届けてからマセラティを発車させた。


佐久間と門の前で別れた藤森は、地に足が着いていない気持ちのまま学生課を訪れる。

「すみません、レポートの提出に来ました」

藤森の声に、受付カウンターから一番近い中年女性の職員が席から立ち上がった。

桜橘《おうき》大学ではレポートなどの提出物は、学生課を経由して教科担当者へ渡される。

大学指定の共通表紙に学部と学籍番号と氏名、提出先の講義名と担当教官名を記入し、学生課で受理した日付のゴム印を押す。指定の表紙がなければ受理されず、日付のゴム印がなければ担当教官は未提出・または期日過ぎの提出として扱い、当然減点評価の対象になる。教科によっては未提出者の名前が掲示板に張り出され、一定期間大学構内でのアルバイトが出来なくなるペナルティがあった。

「…！」

来客が帰ったのか、藤森から見て左側の少し離れた外来者用のソファ近くで高畑《たかはた》が別の男性職員と何か話している。傍らにレポートの束があることから、受け取りに来たようだ。

彼は普段もこんなふうにして、勘が鋭いところがあった。

そんな高畑がさりげなくこちらを窺《うかが》っている様子に、藤森は気付かないふりをする。

カウンターに出されたのが学部生のレポートだと知り、女性は驚いたような声をあげた。

「あら？　院生さんがおつかい？」

白衣姿はデフォルト院生以上、という情報は当然事務部門でも通っている。

「ええ、まあ…ついでがあったので」

高畑がいる以上、余計なことは言わないで欲しいと願いながら藤森は曖昧《あいまい》に頷く。

「それなら受領書がいるわね、ええと…」

通常は日付のゴム印を押されたのを見届ければ、提出は完了する。ノート提出など後で再度引き取りがある提出物や今回の様に代理提出の場合、希望すれば受領書を発行して貰えた。受領書と言っても、学生課受領と書かれた用紙に同じ日付印を押すだけだ。

「あら、用紙がちょうど切れちゃってるわ…ちょっと待っててね」

ふくよかなその中年女性は忙しげにデスクへと戻ってしまう。高畑がいる以上、なるべく早くここから退出したい藤森には、じりじりする時間だった。

「うんわ、院生にナニさせてんだ？」

「⁉」

背後から突然聞こえてきた声に驚いて振り返ると、そこには無精髭《ぶしょうひげ》のシノが咥《くわ》え煙草のまま藤森の肩越しにカウンターに置かれていたレポートを覗《のぞ》き込んでいた。

ふわり、とシノから煙草の匂いがする。だが煙臭くはない。

「あー、さっき見たマセラティって、やっぱり…」

言いかけ、高畑が向こうからこちらを見ているのに気付いたシノの声をかき消すように教務の女性が彼を叱《しか》りつける声が響く。

「シノ先生！　ここは禁煙ですよ！　おかえりなさい」

叱りながらも学会から帰ってきた講師を労《ねぎら》うのは、さすがここに長く勤めているだけはあるらしい。藤森はマセラティの話が途切れたことに内心安堵《あんど》の溜息をついた。

「これ電子煙草だから大丈夫でーす。ただいま帰りましたー」

「ご予定より、随分お早いお帰りになっちゃいましたね。はいこれに名前を記入してね」

女性はシノと話しながら白紙の受領書とペンを藤森へ渡す。藤森は初めて書くその名前に緊張しながら『情報工学科・佐久間仁《じん》』と彼らしい几帳面《きちょうめん》な字で丁寧に記入した。

そして名前に重なるようにゴム印を貰う。

「本命の学会は前半で、残りの後半は研究会と称した観光旅行ですよ。宇治原教授《うじはらせんせい》がぎっくり腰になっちゃったんで、荷物持ちだった俺も一緒に帰って来たんです。宇治原先生は空港からそのままご自宅に帰られました。これ、おみやげ」

そう言って空港から真っ直ぐここへ来たらしいシノは、大きなチョコの箱を女性にカウンター越しに手渡した。

見えた有名なチョコのパッケージに、女性の態度は表情ごところりと変わる。

「あらあ、いつもすみませーん。あ、高畑教授《せんせい》もチョコ如何《いかが》ですか？　お茶淹《い》れますね」

「いや、私は…」

「せっかくですから！　どうぞ、座ってください！」

一緒にどうかと勧められた高畑は鼻白《はなじろ》むが、この教授が下っ端講師のシノを嫌っていることなど百も承知の女性は彼の断りなど軽くスルーしてしまう。

「そうですよ高畑教授、是非食べてってください。男性陣のおみやげはあらかじめ聞いていたリクエスト以外は全部マカデミアナッツですから。それ、美味《おい》しいですよ」

「…」

彼を押しのけるようにカウンターに肘《ひじ》をついて話すシノは、高畑からは見えないカウンター下で手をヒラヒラ泳がせて藤森に今のうちに行け、と促す。

「失礼します」

それに気付いた藤森は、だが顔色一つ変えずにどうやら助け船を出してくれたらしいシノに感謝して、学生課を後にした。

「あの人は、佐久間がマセラティを借りて乗っていることまで知っているんだ…」

藤森は自分が記入した彼の名前の上に日付がちゃんと押された預かり証を確かめ、歩きながら綺麗《きれい》に二つに折りたたむとそれを白衣のポケットにしまう。…しまった、はずだった。

藤森が学生課を出て行くのが見えていたが追うことが出来なかった高畑は、いかにもお義理で、という風情でシノの学会土産のチョコを一つだけごちそうになる。

高畑が勧められるまま…強引ではあるが、来客用のソファに座って大変不本意ながら彼のおみやげをごちそうになったのは、学生課の職員が、下っ端な分よく働き双方の窓口になって教官達へのとりなしも巧いシノ贔屓《びいき》なのを知っていたからだ。

学生課の職員を敵にしていいことなど何もないし、講師のシノはいつも飄々《ひょうひょう》として摑《つか》み所がない。

「では、私はこれで」

出されたお茶で飲み込むようにチョコを流し込んだ高畑は、礼もそこそこに立ち上がる。

意外にもチョコは美味しかったが、それを口に出して言いたくはない。

ちょうど他の学部生がレポートを出したのを最後に提出時間が過ぎ、受付をしていた男性職員がカウンターの上でとりまとめをしていた。

担当教官へ渡す提出用の連絡用封筒に『社会学Ⅰ・佐原《さはら》』と書かれている。

「それ、社会学のレポート？」

「はい、佐原講師《せんせい》の授業の分です。」

「なら私が佐原講師《さん》に持って行きましょう。研究棟へ戻るついでだし」

「あぁ、じゃあお願いしてもいいですか？　助かります」

学生課と研究棟は少し離れている。学生課へ来たついでに他の教授の野暮用《やぼよう》も引き受けることは日常茶飯事だったため、高畑の申し出に男性職員は素直にお願いした。

シノは先程の女性職員に掴まっている。邪気のない顔で笑っているシノの横顔を一瞥《いちべつ》した高畑は学生課を後にした。

閉めた扉を背に即座に連絡用封筒を開けると、上から二番目に佐久間の名前が書かれたレポートがある。

「…ふん、やはりな」

高畑は忌々しげに鼻を鳴らすと、そのレポートだけ封筒から無造作に引き抜いた。

研究棟へ向かう途中で四年の女子学生に呼び止められたが、佐原へレポートを渡した高畑は真っ直ぐに自分の研究室へ戻った。

研究室に戻り、高畑は後ろ手に施錠する。

その音は先に戻っていた藤森の耳にも届いていたはずだが、彼はわざと聞こえなかった様子でマウスを操作しながらパソコンのディスプレイを見つめていた。

「貴生《きお》」

「はい、教授《せんせい》」

声をかけられた藤森はいつもと変わりのない……ようにしか感じられない態度で、高畑のほうへ顔を上げる。

成人をとっくに過ぎた年齢だが、藤森は髭も濃くなくその年齢特有の男臭さもない。かといって頼りなさげな女々しさなど彼にはなく、大人へと羽化する直前のしなやかな少年期のまま成人したような禁欲的な艶《つや》が本来対照的なはずの健全な彼の体に宿っているのが判る。眼鏡をかけていても判る、彼の端正な顔立ちも媚《こ》びた品の悪さは欠片《かけら》もない。

その髪一筋すら誰もまだ触れたことがないような、そんな高潔さが藤森にはあった。

だが違うことを、高畑は知っている。彼の体は快楽に弱く、拘束され力尽《ちからず》くで与えられた屈辱にすら悦《よろこ》びに甘い声で鳴くのだ。

高畑はそんな彼の姿を思い出すだけで、唇が残酷に歪みそうになる。

だがそれよりも、今は別の感情に突き動かされていた。

「お昼休みは、どこへ？」

「テラスカフェでランチを」

「誰かと一緒にいたようだが？」

…藤森がいつも思うことだが、高畑という男は本当によく自分の行動を把握《はあく》している。

彼が学生課にいたのはおそらくは不幸な偶然だろうが、それすら疑いたくなるほどだ。

最初の頃はこんなに酷《ひど》くはなく、次第にエスカレートして今の状態になっているのだが、
判っていても藤森には止められない。

「学部生が席がなくて、相席を頼まれたんです」

「彼らと親しくするのはやめなさい。学部生で、まだ何も知らない。お前にちょっかいを出したらどうなるかも」

「教授、ただの相席ですよ？」

「向こうはそう思っていないかも知れないだろう？」

「考え過ぎです」

冷静を装《よそお》っているが、高畑が酷く不機嫌なのが声や空気越しに伝わってくる。

もしかして佐久間に大学まで送ってもらったことを、高畑は知っているのだろうか？　そ

れとも学生課で彼と親しい図書館長代理の講師と鉢合わせしたから？

藤森が自分以外の誰かと一緒にいることを、高畑は神経質に嫌う。

もともとのきっかけの事故があってそうなっているのだが、彼が孤立することで噂は余計に尾ひれ背びれがつき、今では元の形状など欠片も判らないほど醜悪《しゅうあく》になっていた。

全てが嘘の噂なら一つ一つ訂正し、小さくすることも出来たかも知れない。

だが言われている話の中には、嘘ばかりではなく本当のことも混ざっていることが藤森をがんじがらめにしていた。嘘と真実が混ざり、癒着《ゆちゃく》し過ぎてしまっている。

たとえば藤森の噂で筆頭で語られる中で、もっともスキャンダラスな高畑との愛人説。

「貴生、こちらへ」

「…」

神経質そうに眉根《まゆね》を寄せる高畑の前へ、藤森はいつもそうであるように従順に従う。

「服を脱ぎなさい」

「教授…！　まだ、こんな時間ですよ⁉」

午後の授業もまだ続いている時間帯だ、扉は閉ざされているが同じ階の研究室にも多く人の気配がある。高畑の希望でこの研究室がほぼ完全防音とはいえ、誰が来るか判らない。

今の時間は他の研究室がコーヒーに入れる砂糖を貰いに来たり、授業を受けている学科の学生が高畑を訪ねてくることも珍しくないからだ。

だが高畑は焦《じ》れたように声を荒げ、藤森の訴えに耳を貸そうとしない。

「貴生、私の言うことが聞けないのか？」

「ですが、教授…」

高畑は怒りを抑え、猫撫で声のような口調で訊《たず》ねた。

「普段は素直でいい子の貴生が、今日はどうしたんだ？　…それとも誰か貴生に、悪いことでも教えたのか？」

「…っ」

これは脅しだ、だが高畑は脅しだけでは済まない。

不意に佐久間の顔が藤森の脳裏に浮かぶ。彼のことを思い出しただけで涙が出そうになる自分を、高畑に悟られては駄目だ。

藤森は無言で窓際に向かい、いまだに雨が打つ窓にブラインドを下げた。

「…」

なるほどそうか。藤森は納得する。

そうだった、ここは見晴らしはあまりよくないが正門が見えたのだ。

高畑はここで、藤森が走って大学を抜け出した姿を見たのかもしれない。

「私の所へおいで、貴生」

支配者の口調で命じる高畑に、小さく頷いた藤森は白衣を脱いでパソコンの背もたれへかけた。だがさすがにドア一枚向こうは廊下になるこの部屋では抵抗がある。

「教授…奥で、お願いします」

羞恥と緊張で頬《ほお》を紅潮させた藤森の様子が気に入ったのか、高畑はドアの前から離れて奥の部屋へ向かう。藤森もやや遅れて部屋へ入った。

鍵も、自分でかける。

「着ているものを脱ぎなさい、貴生」

命じられ、藤森は欠片の躊躇もなく服を脱いでいく。

そんな姿を、革張りの椅子に体を預けた高畑が食い入るように見つめる。

首筋やうなじ、柔らかい部分にキスマークはないようだ。

「あぁ、下はまだいい…おいで」

「…」

上半身まで裸になった藤森はズボンのフロントも広げた状態で、座ってここへ来いと膝を広げたその間へと跪《ひざまず》く。手をのばし、かきわけるように高畑の白衣のボタンを外し、ズボンのベルトとフロントを緩めた。

高畑は、一切手伝わない。どうしなければならないかは、全て藤森に調教済みだ。

「ん…っ」

藤森は下着に触れ、表へ出した高畑自身に手を添えると躊躇なく頬張った。

「自分のも、しなさい。私に見せてご覧」

言われるまま自分のズボンを下着ごと下ろし、空いていた手で自身を握ると口で高畑に奉仕しながら自分を慰め始める。藤森は苦しそうに眉を寄せているが、目を伏せたままだ。

「…っ」

こんな時に。

駄目だと判っているのに、佐久間の姿が浮かんでしまう。意識の奥へ押し込もうとすればするほど、彼の声すら幻聴で聞こえてきそうでたまらない。

自分が今こうしている相手が高畑ではなく、佐久間だったら。

そう思うだけで慰めている自分の手が、彼の手でそうされているように感じてしまう。

「ふ…ぁ」

だから無意識に、濡れた声を零してしまっていた。いつもなら時間がかかる自分の屹立《きつりつ》も、渦を巻くように急激に熱を集め、扱《しご》く手の中で硬くなっていく。

「…ふん」

自分に尽くしている藤森のまろやかな背に、高畑が触れようと手を伸ばした時。

隣室からノックの音が響いた。

「…っ！　あっ…!?」

ビクリ、と体を震わせた藤森を乱暴に引き剝《は》がし、高畑は広げていた前を手早く整えると彼をそのままに部屋を出て扉を閉めた。

藤森はぺたりとフロアの上に崩れるように座り込む。

閉められた扉越しに、高畑が来客者に対応している気配が伝わってくる。

「…佐久間」

自分のこんな姿を佐久間が知ったら、どう思うだろう。

高畑の愛人というのは嘘ではなく、本当なのだと。

研究は本当にしていることだが、高畑と自分しかいないこの研究室はただの密会の場だ。

高畑は好きな時にこうして自分に奉仕させ、弄《もてあそ》ぶ。

「軽蔑《けいべつ》されて当然だよな…」

望まない。何も、望まないから。

藤森は佐久間や、彼の友人らしい楓理に迷惑がかからないことを願うしかない。

自分がこうして彼に従っていれば、大丈夫なはずだ。

来客はすぐに帰り、高畑が再び戻って来た。

「こんなに雨が続くと、鬱陶しいな貴生。そう思わないか?」

「…」

来客者を迎えに出た時は舌打ち混じりの様子だったのに、帰ってくると手のひらを返したように機嫌がいい。

「貴生もこの雨でぐずっているようだし…そうだな、今夜は私の家で夕食を食べなさい。そしてたまには趣向を変えて、貴生が好きなことをして遊んであげよう。私の家なら貴生の好きな鞭《むち》も、拘束具もいやらしい玩具《オモチャ》も揃《そろ》っているからね」

「…！」

顔色を変えた貴生の顎《あご》を捉《とら》え、自分へと向かせた高畑は唇を歪めて残酷に笑う。

「そうしたら、可愛いお前のことなど理解出来ない、バカな学生に興味も失《う》せるだろう？貴生。…お前が好きなことを与えてやれるのは私だけだ。私がどれだけ貴生を愛しているか、もう一度その体に刻み直そう」

「教授…」

それがどんな意味なのか、身を以《もっ》て知っている藤森の顔が恐怖で凍りつく。

高畑はそんな彼の反応に満足気に頷き、続けた。

「あぁ大丈夫、足腰立たなくなっても、いつも通りちゃあんと貴生の部屋まで送ってあげるからね。…でも、その前に」

「あっ…！」

高畑はそう言うと藤森を床へ押し倒し、続きを味わうためその上へ覆い被さった。

自動車通勤している高畑の車に乗せられ大学を後にした藤森は、今は彼しか住んでいないお屋敷のような自宅で文字通り足腰が立たなくなるまでその体に躾を施された。いつも以上に粘着質で苛烈《かれつ》な『再教育』に耐えきれず遂に藤森が悲鳴を上げても、嫉妬《しっと》に狂っていた高畑は容赦しなかった。

藤森は違う、自分は高畑のものだと何度繰り返しても聞き入れて貰えず、彼から与えられる屈辱的な行為に自ら進んで体を開くしか赦《ゆる》される方法がなかった。

趣味である拘束具で藤森の自由を奪ったまま長時間鞭で打ち、それでも満足出来なかった高畑はアルコール度数の強い酒を飲ませ、さらに彼を執拗《しつよう》に責め抜いたのだ。

ようやく解放され、タクシーで自分のアパートへ戻った時には夜中の一時過ぎ。

無理矢理飲まされた強いアルコールと体が受けた躾《しつけ》の痛みに手足に力が入らず、高畑の家まで送迎に来たタクシーの男性運転手がふらふらの彼を見かねて、親切にもアパートの階段まで肩を貸してくれてやっと這《は》うように階段を上って部屋まで辿《たど》り着いたのだった。

雨はやんでいたが、その代わりまとわりつくような湿気が重く感じる。

「…」

通り過ぎた楓理の部屋は明かりが消え、ひっそりと静まりかえっていた。それになんだかほっとして、誰もいない真っ暗な自分の部屋へ入った途端、玄関に倒れ込むように体を投げ出す。もう、力が入らない。

「今夜は…キツ過ぎだ…体中、ギシギシ…する…」

背中への鞭打ち《ウィッピング》で仰向《あおむ》けに寝転がることも出来ず長い時間拘束された部分は痛んで、あげすぎた声も嗄《か》れていた。ひりつくように喉《のど》が渇《かわ》いているが、まだ靴も脱げていない。

「皮膚が裂けるまで叩かれなかっただけ、まだマシかな…」

手足を投げ出して、このまま眠ってしまいたかった。高畑の家で体を洗ってきたが、体中に彼の感触が残滓《ざんし》のようにこびりついている。

不幸中の幸いと言うべきか、飲まされたアルコールのお陰で痛みの感覚が鈍い。もし飲酒をしていなければ、もっと体が辛いだろう。

藤森は動けるうちにベッドへ行こうと靴を脱ぎ、よろよろと壁伝いにベッドへ向かった。

「…と、うわっ…！」

足がもつれてバランスを崩し、そのまま壁際のベッドへ飛び込むように転んでしまう。

「…っ」

硬いマットだが、転倒の衝撃の殆どを吸収してくれたベッドに藤森は息を吐いた。

もう、今夜はこのまま寝てしまおう。目を閉じて意識を沈めてしまえば、辛くなくなる。

そう決めた藤森は転んで俯《うつぶ》せたまま、ベッドに体を預けて目を閉じた。

「佐久間…」

乾いた唇から脳裏に浮かぶ青年の名前が零れ落ちる。

佐久間の名前を呟《つぶや》いただけで胸が締めつけられるように苦しくなり、それと同時に鉛のように重い体が僅《わず》かに軽くなったような気がした。

RRR…。

青闇《あおやみ》の部屋、彼がやっと得た安息を邪魔するように頭上の固定電話の呼び出し音が響く。

「…はい」

鳴り響く電話をとったのは、殆ど無意識だった。投げ出していた左手の指先にちょうど電話の子機が触れていたからに過ぎない。

音のない藤森の部屋で、それほどに電話の音は大きかった。

『…先輩?』

「!」

聞こえて来た思いがけない相手からの声に、藤森は体の痛みを忘れて飛び起きた。

「佐久…間?」

『もう寝てましたか? 起こしてしまったらすみません…どうしても、先輩の声が聞きたくなって。これ、本当に先輩の家の番号《ばんごう》だったんですね』

電話越しに聞こえてくる佐久間の声は昼間とは少しだけトーンが違い、このまま子守歌でも歌って貰えたら心地好く眠れそうに穏やかで静かだった。

「本当に…佐久間なのか？」

それとも逢いたいと、心で願ってしまったから夢に出てきたのだろうか？

『はい、本物の佐久間です。ちゃんと一度で番号を覚え…先輩？』

佐久間の声が途中で慌てた様子になったのは、藤森が堪《こら》えきれずに嗚咽《おえつ》を零したからだ。

「ごめん、佐久間。ごめん…」

『先輩？』

これが夢でも、現実でも。佐久間に、謝らないと。

「俺じゃ、駄目なんだ。だから、俺を好きになるな」

『…』

急に起き上がったせいで酔いがまわっていて、ぐらぐらする。藤森は起こした自分の体を支えきれず、ベッドの上で座ったまま壁に寄りかかった。

「お前は俺のこと、何も知らないから…！　だから俺に優しく出来るんだ。俺はお前に、そんなふうに優しくしてもらえるような人間じゃ、ないんだ」

『先輩…俺は藤森先輩のこと、何も知らないけど。だけど先輩がそんなふうに心を痛めて、謝ってくれる優しい人なのは知ってる』

「違う…！　俺は優しくなんか、ない。だから駄目だ、あの噂は本当なんだ。俺に関わると、佐久間がどんな目に遭わされるのか判らない。俺には、止められないんだ。止めようとすればするほど、あの人が」

『あの人？』

「…俺はこの部屋で寝てたわけじゃない、本当にちょっと前に帰ってきたばかりで、その前はどこにいたと思う？」

幼い子供が膝を抱えて泣くように、藤森も受話器を握りしめながら手足を縮める。

その両手首と足は、長時間に及ぶ拘束具の装着で皮膚の下で内出血を起こしていた。

「あの人の…高畑教授《せんせい》の所にいたんだよ。そこで、何をやっていたか判るか？　縛られて、あの人の気が済むまで鞭で背中を打たれていたんだ。…俺は、あの人のそういう存在なんだ。教授の歪んだ欲望を満足させるための、奴隷のようなもの」

藤森が佐久間か別の男と寝たのではないかと、疑う高畑が施した『検査』は尋常ではなかった。していないと判っても気が晴れず、いつも以上に鞭で彼を打ち据えた。

『…！』

受話器の向こうから佐久間が短く息を吸い込む音が聞こえても、藤森は続ける。

全部話して、佐久間に軽蔑されればいい。健全な彼は、自分に近付かなくなるだろう。

そうすれば、もう彼を心配しなくて済む。

「顎の感覚が判らなくなるくらいあの人の×××を口に含んでしゃぶり続けて、どんないやらしいことも目の前ですることを強要される…否は赦されない。あの人が満足して今夜はもういいと言うまで、終わらない。そう躾《しつけ》られた俺はそれを甘んじて受けている…最低の」

『先輩』

「教授は、奴隷の俺が自由になることを赦さない。他の誰かに想いを寄せることに我慢出来ない…俺ではなく、犠牲になるのはいつも相手になってしまう。だから佐久間、俺を好きだなんて言うな。どんなに逢いたくても、俺が我慢すれば…大丈夫だから」

藤森の言葉から、佐久間を想う優しい彼の本心が零れ落ちていることに本人は気付いてないようだ。だから尚更、この不器用な先輩を佐久間は放っておけない。

『好きですよ、先輩。どんな先輩でも俺はあなたが好きです。そして俺は先輩が考えているより、ずっと強いんです。だからそんなに泣いて俺を護《まも》ろうとしなくていいんですよ』

「…！」

今度息を飲んだのは、藤森のほうだった。

『ええと…先輩がいるの、自分の部屋ですよね。今から行きます』

「！　…目、だ！　来なくて、いい…！　お前足を怪我してまだ熱が…」

藤森の忠告を聞かず、電話の向こうで支度を始める音が聞こえてくる。

『大丈夫です、行きます。酒飲んでなくてよかった。先輩、そこにいてくださいね。もしどこかへ逃げようとするなら、今から楓理に電話入れてドアの前に座ってて貰いますから』

「バ…！　相手はもう、寝てるだろ。起こしてまですることじゃ…」

『だったら先輩、そこにいてください。こんな時間だし、道路空《す》いてるからすぐです』

「おい佐久間、さ…！」

止める声も聞かず、電話は一方的に切られてしまった。

しばらく呆然《ぼうぜん》と切れた受話器を見つめていた藤森は我に返り、ここから逃げるため立ち上がろうとする。佐久間がここへ、来てしまう。

「…っ」

だが酔いと疲労のせいでままならない体は当然まだ言うことを聞かず、藤森は指先に触れていたベッドカバーを握りしめた。

半分無意識とは言え、どうして佐久間からの電話を取ってしまったのだろう。

「まさか、かかってくるなんて」

遠ざけるつもりの告白が、かえって彼を招き寄せてしまった。

「佐久間…」

佐久間に逢いたい、逢っては駄目だ、こんな体見せられない、だけど…。

両極端しかない自分の考えがぐるぐるとまわり、疲れて果てている彼をさらに苦しめる。

「俺、もう一人じゃいられない…佐久間」

瘦《や》せた体を掻《か》き抱き、藤森はそのまま前屈《かが》みにベッドへ崩れながら意識を手放した。

それから間もなく。

「先輩……！」

「…」

呼ばれた声に藤森はぼんやり目を開けると明かりがつけられた部屋の中、自分を抱き上げた佐久間が心配そうな表情で覗き込んでいた。

「佐久間…？」

「そうです、俺です。来たら部屋ん中真っ暗で、呼び鈴押しても反応ないから勝手に上がらせて貰いました。…大丈夫ですか？」

佐久間はそう言って、藤森の前髪に優しく触れる。

「俺…？」

いつ、気を失ったのだろう。覚えがない。

「先輩それ酒、凄い飲まされてますね？　酔い潰《つぶ》れてしまったのかも」

目が覚めた藤森の意識がはっきりしている様子に安心して、佐久間は彼を支えて体を起こしてやると水を取りにキッチンへ向かう。

「お、いいところに。ねぇ先輩、冷蔵庫の上の水でいいですか？」

「あ、あぁ」

キッチンに立つすらりとした長身の佐久間を、藤森は信じられない気持ちで見つめた。

佐久間が、来てくれた。これが夢でも、藤森は嬉しかった。

キッチンからミネラルウォーターを持ってきた佐久間は、ペットボトルの口をゆるめてから藤森へと差し出す。

「はい、どうぞ」

「ありが…っ！」

それを受け取ろうとのばした手首に見えた痣《あざ》にはっとなった藤森は、火傷《やけど》するほど熱いものに一瞬触れてしまったように手を引っ込めた。

「うわ、とと…！　はい、先輩」

手を離しかけていた佐久間は落ちそうになるペットボトルを慌てて受け止め、藤森の手の上へ改めて載せる。

「…っ」

そして見えてしまった手首を反対の手で掴み、ベッドに腰かけたまま身を竦《すく》めている藤森をこれ以上怯《おび》えさせないようにと目線を下げるため彼の前へしゃがみ込んだ。

「大丈夫です、先輩。俺は先輩を怖がらせたりしない」

「俺を見るな、佐久間…」

「先輩が見るなと言うなら、俺は何も見ません。忘れます。…だから、大丈夫ですよ」

その言葉が本当だと言うように、佐久間は指が白くなるほどペットボトルを握りしめている藤森の手を包み込むように優しく触れる。

触れた彼の細い手首には、想像以上に酷い仕打ちを受けた痕《あと》がミミズ腫《ば》れとなって残っていた。下手をすれば数日腫れが残るだろう。

「佐久間…お前、なんで来たんだ」

「先輩に逢いたいからですよ」

「俺は、逢いたくなかった」

「俺が、先輩に逢いたかったんです」

「…」

佐久間は繰り返す。項垂《うなだ》れて力なく首を振る彼の耳に、届くように。

「大丈夫です、先輩。何も怖くないです。俺はあなたを脅かしたりしない」

「佐久間は、あの人のことを…高畑教授《せんせい》のことを何も、知らないからだ。だから」

「先輩をそんなふうに怯えさせて、がんじがらめに支配している男のことなんか、知りたくなんかないから別にいいです」

「佐久間…」

そして触れていた指先を滑らせ、赤く腫れている彼の手首をそっと撫でた。

怯え、逃げようとする手を、佐久間は赦さない。

「先輩、今日俺と逢ったから、高畑教授にこんなに酷くされたんじゃないんですか？　俺じゃなくても、相手は誰なんだ？　って。きっと先輩のことだから、どんなことされても名前を言わなかった。…違いますか？」

「違…」

藤森は小さく首を振って否定するが、佐久間にはもうそれが嘘だと判る。

俯きがちな藤森の顔を、佐久間は下から覗き込むように見上げた。

自分を見て欲しくて、いつもよりもっとずっと抑えた声になる。

「先輩は、高畑教授が好きなんですか？」

「違う…！」

弾《はじ》かれたように顔を上げた藤森は、だがはっきりと首を振った。

「違う、だけど…拒むことも、俺には出来ない。俺は、高畑教授を裏切れない。あの人と繋がったことなんかなくたって、こんな関係なら、同じことだ」

絞り出すように呟いた藤森はそれ以上言葉が出ない。腫れが痛くないようにそっと摑んでくれている佐久間の手がまだ熱いことに、後悔で泣き出しそうだ。

「う－ん、じゃあ質問を変えます。先輩が教授から離れられる、方法はありますか？　裏切るとか、そういうのじゃなくて…先輩が苦しまないくらいの距離をおけるような」

藤森は、そこに答えを探すように佐久間の顔を凝視する。

「…見つかれば」

「何を？」

「幽霊の存在を立証出来れば。…亡くなった人と、また会える術《すべ》が見つかれば」

「それは…」

現代の技術では、今日明日レベルですぐにどうにか出来るものではない。

「だから、無理だ」

佐久間は何故高畑とそんな関係に至ったのか、何故幽霊を立証しようとしているのかその根本理由を訊こうとしなかった。

一度天井を仰いだあと、佐久間は改めて藤森を見つめた。

「うーん…じゃあ、それが見つかるまで別の方法にしませんか？」

「別の方法？」

「昼間、先輩も言ったでしょ？　大学じゃない場所で、逢いましょう。今みたいに」

「佐久間」

佐久間は柔らかな声でたたみかける。

「高畑教授の、及ばないところで。大学で俺を無視しててかまいません。教授との関係をどうにかしろとも俺は言いません。先輩が赦してくれるなら、こうして俺と逢ってください」

「佐久間、だが。もし佐久間とのことがあの人に知られたら」

本気で心配する藤森へ、佐久間は子供のようにわざと唇を尖《とが》らせる。

「むしろ俺に矛先が向けられたほうがやりやすいくらいです、先輩。そしたら真っ向勝負でガチバトルに持ち込めるのに。…俺ね、昼間にデートしようって言って貰えて嬉しかった」

「な…」

「だから、愉《たの》しいことをしましょう。何度も言います。俺を好きになって、なんて贅沢言いません。俺は先輩と一緒にいられたら嬉しいし、笑って欲しいんです」

「どうして佐久間は、俺にそこまで…？」

本当に判らなくて困ったように首を傾げる藤森に、佐久間は包み込むように笑う。

「だって俺、先輩が好きだから」

「佐…」

「何度か言ってるんですけど。信じてないから、スルーされてるんだろうなあ。でも本当です。好きな人には笑っていて欲しい、それだけなんです。その隣に立てなくても、護ることは出来る。俺は、あなたを護ります。…先輩が、俺を護ってくれようとしたみたいに」

藤森は佐久間を見つめ返し、目を伏せた。

佐久間の言葉は、まるで騎士の誓いのようだ。自分は王でも、姫でもないが。

何一つ保証などないのに彼の言葉だけは本当のことのように耳に届く。

誓いの証《あかし》に、手の甲に口づけてもらうことすら佐久間に求めることが出来ないのに。

佐久間は言葉通り、己を顧みずに自分を護ろうとするだろう。

止めても拒んでも、では好きにさせてもらうとかえって意気揚々と。

そんな佐久間に、自分は何が出来る？　…違う、自分は、どうしたい？

長い長い沈黙が流れ、藤森が呟く。

「…判った。ありがとう、佐久間」

不器用に小さく笑った藤森に、佐久間もやっと安心して小さく息を吐き出した。

それから藤森は逡巡《しゅんじゅん》する仕種を見せてから、やがて意を決して遠慮がちに口を開く。

「実は、佐久間…昼間研究室で調べ物をしていた時に偶然見つけて…まだきちんとは、調べてないんだが。佐久間、映画好きなんだよな？　古い映画も？」

「えぇ、どちらかというと昔の映画のほうが好きなタイプですけど」

佐久間の返事に励まされ、藤森は続ける。

「そうか。それでええと…都内の…原宿と青山の間ぐらいにある小さなギャラリーで、昔の映画のポスター展がある。個人所蔵の展示で、かなりマニアックなものもあるらしい。俺は映画は詳しくないんだが…見に行かないか？」

「‼　是非！　それってデート、ってことでいいんですよね？」

思わず声が弾む佐久間へ、藤森のほうが慌ててしまう。

「いや、佐久間がよければだけど、足もまだ…」

「駄目なわけないじゃないですか…！　足もすぐ治します！　約束ですよ、今度こそ絶対」

想像以上の嬉しそうな佐久間の反応に、藤森は自分が緊張していたことに気付く。

一緒に出かけよう、たったそれだけの言葉が簡単に出てこなかった。

「休日より平日のほうがいいかな…時間も調べておいたほうがいいですよね。先輩、都合悪い日にちとかありますか？」

「俺よりもバイトしている佐久間のほうだろ。多分…休日より、平日のほうがいい」

「…」

それがどんな意味なのか察し、佐久間は無言で頷いた。

自分のためではなく、藤森のために出来る限りリスクは避けたほうがいい。

話に一段落ついたのをみて、佐久間はゆっくりと足を庇《かば》いながら立ち上がる。

これ以上一緒にいると、空気が変わってしまいそうだ。

「じゃあ俺、帰りますね。あー…そうだ」

玄関に向かって帰りかけた佐久間は途中で思い出し、遠慮がちに振り返った。

「ねぇ先輩」

「？」

「先輩がよければ、ですけど。もし手当が必要なら、手伝いますよ。その…背中とか」

「あ…」

彼の親切心だけで出た言葉だ。それでも躊躇する藤森の様子に、佐久間はそれ以上彼を困らせないようにやんわりと手を上げる。

「いや、お節介したいわけじゃないんで大丈夫ならいいんです。じゃあまた」

そう挨拶して行こうとする佐久間を、藤森は呼び止めた。

「…待ってくれ、佐久間」

言われ、佐久間は立ち止まる。

藤森はベッドに腰かけたまま、振り返った彼の前で潔く着ていたシャツを脱ぐと裸になった上半身を曝《さら》した。

「佐久間ばかりに約束させて、俺は何一つ見せないなんて変だろ」

「…」

無言で戻って来た佐久間を、藤森の緊張したまなざしが迎えた。

どうやら手首が一番腫れが酷かったらしい、真っ先に目に着いたのは首の周囲に残るうっすらとした擦り傷だが、前身は金属の擦れで生じたような薄い傷が数ヶ所あるだけで意図されて出来た傷は皆無だった。

…だが。

「背中は、一応教授のところで手当はしてもらってはいるけど」

そう言い置き、藤森はぎこちない仕種で佐久間にその背を見せる。

「…！」

高畑が持つ加虐性欲《サディズム》を満たすため、蹂躙《じゅうりん》された姿がそこにあった。

前身とは比べようもない仕打ちの痕に、覚悟していた佐久間でも絶句してしまう。

打ち据えられた背中は、細い血の筋が無数に重なって腫れ上がり皮膚も所々裂けていた。

自力で背中が見えない藤森は腫れがある程度だと思っていたが、実際は想像以上の酷い状態で乳白色の綺麗な彼の肌が更に裂傷を際立たせてしまっている。

その姿は普段の彼とあまりにギャップがあり過ぎて、加虐趣味など皆無の佐久間でもそれに欲情する高畑の気持ちが垣間《かいま》見《み》える気がするほどの劣情を煽《あお》るものだった。

「つ…っ」

佐久間は酷い、と言おうとした言葉を自分の唇を噛《か》んで堪える。同情ではないにしろ、言ってしまったら佐久間にそう思わせてしまったと傷つくのは藤森だ。

救いなのは藤森が言ったとおり、手当の処置はほぼ完璧にされている。

鞭特有の裂傷の痛みにしばらくは俯せで寝るしかないが、痕は残らなそうだ。

佐久間はベッドに片膝を乗せる。僅かに沈んだベッドの気配が伝わり、背中を見せたままの藤森が緊張したのが判った。

佐久間はそのまま手をのばして、傷の浅い部分にそっ…と触れる。

「…っ」

痛みはないが佐久間に触れられたことで敏感に反応し、藤森の肩が弾む。

やがて佐久間は忌々しげに声を絞り出した。

「…こんなことする教授を褒めたくないけど」

「え？」

「あのおっさん、この悪趣味は年季入ってるんだな。本当に言いたくないけど、鞭を使うの、相当巧い。だから先輩は辛かったと思うけど、これで済んでる」

苦々しい佐久間の口調から、彼が心底高畑を褒めたくない様子が伝わってくる。

以前パソコン越しに話をしていたシノが、高畑の趣味の乗馬を悪趣味と吐き捨てていた意味はこれだったのだ。鞭は使っても、相手は馬ではなかった。そして馬は…彼。

「巧いとか、違いが判るのか？」

「知りあいに…『女王様』がいて、そういうのレクチャーしてもらったことがあるから。いや、俺が体験したワケじゃなくて、ですけど。その時に鞭の使い方を少し見せて貰って」

その時に上手な鞭とそうではないのがあることを知ったのだ、と佐久間は告げる。

「そうか…俺はあの人しか知らないから、判別は難しいな。普段は…こんなことも」

「プレイ？」

「プ…いや、確かにそうだが。日常的にあることではないんだ。余程でなければ教授は家まで俺を呼んだりしないし、今夜みたいに腰が抜けて立ち上がれないくらいなんて…」

「その余程のことがあった結果で、先輩がキツいことになったんですね」

「…」

藤森は首を振って否定するが、原因は間違いなく佐久間《自分》だ。

佐久間は自分への怒りを抑えながら肩胛骨《けんこうこつ》の間、鞭の痕が最も少ない首の付け根部分に唇を押しつけた。

「あっ…!?」

思わず零れた藤森の掠《かす》れた声を聞きながら、ゆっくりと体を離して立ち上がる。

「背中、冷やしましょう」

「…あぁ」

唇同士のキスも、ない。どちらが求めることもしない。

それでもこの口づけが二人にとって特別なことだった。


藤森は大学へ行けるほど回復するのに、それから二日もかかった。

ベッドに俯せになり、背中の炎症が酷い部分をアイシングして貰っている間に藤森は疲れと酔いでいつの間にか眠りに落ちてしまい、佐久間がいつ帰ったのか判らない。

ただ自分が眠りに落ちるまでの間、佐久間はずっと傍《そば》にいてくれた。

黙ってしまったら眠ったと思われて、佐久間は帰ってしまうかも知れない。

そう思い、起きているからとつらつら他愛のないことを何か話していた気がするが、それがどんな内容だったのか藤森は自分で憶えていなかった。それどころか佐久間のことも夢だったのかと、翌朝驚くほど心地好く目覚めた時に自分自身を疑った。

夢ではなかったと安心出来たのはヘッドボードに残されていた佐久間のメモと、寝たままでも飲めるようにペットボトルと軽食が置かれていたからだ。

「佐久間らしい……」

他に二日酔いに効くドリンク剤と鎮痛剤まであったことに、藤森はつい苦笑いしてしまう。鎮痛剤に至っては処方箋《せん》だ。おそらく自分が病院から処方《だ》して貰ったものだろう。

処方箋で出された鎮痛剤の効き目は市販とは比べものにならない。

「ホントは人の処方箋をあげたり貰ったりは駄目なんだけど」

そんなことは佐久間も承知していても、残してくれた彼の気遣いが嬉しかった。

幸か不幸かアルコール摂取に関してはかなりの耐性があるので二日酔いの心配はないが、時間が経《た》ってアルコールが抜け、全身に倦怠《けんたい》感と疼痛《とうつう》がある今の体に鎮痛剤は正直有難い。

「『映画ポスターに見る時代の回顧展…場所・南青山カフェ「サンドリヨン」２Ｆギャラリー。

時間…』佐久間、いる間にこれを調べたのか？」

佐久間が書き残したメモには、他にギャラリーの開催日である来週の日付から一週間分の数字が記され、それぞれに○×そして△がつけられている。

「十五日…」

それが唯一花丸のように書かれていた日付だった。

カレンダーでもう一度その日を確認した藤森は、回復を図るため再びベッドに横になる。

大学を休んでも、今日は高畑もどうしたのかと連絡はないだろう。

メモに記された日付のことを思うだけで、舞い上がるような甘い痺れが藤森の全身を巡り、その痺れに全て委《ゆだ》ねて眠り続けた。

そして三日目の朝、バスルームであまりの痛みに叫び声を上げそうになるのを抑えてシャワーを浴びてから藤森は袖《そで》の長い薄手の上着を羽織って大学へ向かった。

「…」

いつもと変わらない、どんなにお天気でも憂鬱《ゆううつ》な朝のはずなのに今日はなんだか違う。

研究室に行けば、高畑がいる。幽霊の証明を数値化しなくてはいけない研究や、自分自身の研究課題、噂を知る好奇心剝《む》き出しの周囲のまなざし、これまでも何一つ変わってないのだと判っていても、佐久間に理解して貰えたことが藤森の足取りを軽くしていた。

理解してくれる存在がいるだけでこんなに救われるのだと、藤森は初めて知った。

そして大学に行けば、年下なのに大人びたことを言う佐久間に逢える。そう思うだけで重い鞄を肩にかけるだけで引きつるように痛む背中も辛くなかった。

大学へ着いたのは昼にあと一講義を残す、休み時間。次の講義に移動する学生や、藤森と同じようにこんな時間にのんびりとやってくる学生などが構内に見えていた。

研究室に向かう前に先にランチを買っておこうと、藤森は購買へ向かう。

「…！」

本校舎の渡り廊下の向こう側から、女子と並んで歩く佐久間の姿が見えた。

その姿に、藤森の心臓は驚きと喜びで跳ね上がる。

やや派手な化粧の女子に藤森は見覚えがある、たしか四年生で時々高畑を訪れていた。

「じゃあ何でも言うこと聞くから、その代わりドライブ連れてってよ、佐久間！」

綺麗なネイルが施された彼女の腕が、佐久間の腕へと絡みついている。

それを振りほどこうともせず、佐久間は彼女の歩幅に合わせながら笑っていた。

「いいですよ、どこまでもお供しますよー。俺のお願い聞いてくれるなら」

「ホント？　じゃあ私達つきあっちゃう？　そうする？　佐久間はどうせバイトないんだし、しばらく暇なんでしょう？」

解放されている渡り廊下に響く上機嫌ではしゃぐ彼女の声に、他にもいる学生達が驚いたように振り返っている。

その声は、前を歩いていた藤森にも聞こえていた。

「…」

「あ…」

思わず立ち止まってしまった藤森に、こちらへ向かっていた二人が気付く。

だが佐久間はそこに立ちすくんでいた藤森などまるで見知らぬ人のように、目も合わさず通り過ぎてしまった。

「佐…っ」

思わず振り返った藤森と、目が合ったのは彼女のほうだ。

気付いていないはずはないのに、佐久間はこちらに振り返ろうともしない。

むしろ気付いているから、無視したのだと判る。

「ねぇ佐久間…知りあいでしょ？　いいの？」

「えー？」

まるで別人のような佐久間の態度に混乱する藤森は、彼を呼び止めてその理由を確かめることすら出来ず、愕然《がくぜん》と二人が歩いて行くのを見送ってしまう。

大学では自分を無視してもかまわない、確かに佐久間にそう告げた。

そうではないと佐久間は笑って言ったのだ、自分を護ると。

だが今佐久間が見せた態度は承知の上の無視とは、考えにくかった。

佐久間なら同じ無視をする態度にしても、もっと違うアプローチをするはずだと藤森はこの数日で知ってしまっている。

そして彼が何故藤森に対してそんな態度をとったのか、購買へ向かう途中の総合掲示板で知ることになった。

掲示板は目立つし、長年の学生生活で前を通れば確認する習慣が藤森にも出来ている。ショックを隠しきれないまま目で追っていた掲示板の中に、目を疑う掲示があった。

社会学のレポート未提出者の一覧に、学籍番号と共に佐久間の名前が挙げられている。その下に、大学構内での一ヶ月間のアルバイトを禁じる告知も赤字で明記されていた。

掲示されている日付は、昨日になる。

「まさか…」

それは藤森が佐久間から預かり、間違いなく学生課へ提出したレポートだ。

未提出などあり得ない。

掲示板を見た藤森はその足で学生課へ急いだ。

「院生さんが誰かのレポートを代理で提出したのは憶《おぼ》えてるんだけど、誰のを、かまでは…把握してなくて。悪いんだけど」

受付をしてくれた女性が、藤森へそう申し訳なさそうに説明した。

提出物は各科のとりまとめの封筒へその場ですぐに入れられ、担当教官へ渡す時も他の科の提出物が混ざらないように必ず確認しているという。

「でも俺、本当に…！」

「ええそうなの。だからもし本当にあなたが誰かのレポートをこちらへ提出して、尚且つそれが未提出なら担当教官のほうへ申し出て貰えないかしら。こちらでは判りかねるので」

学生課の女性の言うことはもっともで、これ以上は押し問答にしかならないだろう。提出ミスやトラブルがないように学生課が機能している以上、信用も絶対でなければならない。

「！　そうだ、受領書…！」

レポートを提出した時、受領書を貰っていた。そこには佐久間の名前と日付のゴム印が押されていて、シンプルな分偽造は出来ない。

レポートがどこで紛失したのかは判らないが、受領印さえあれば問題は学生課か担当教官になってくる。出てこなかった場合レポート自体は再提出になるかもしれないが、少なくとも未提出による減点評価対象にはならず、バイト禁止もすぐに解除されるだろう。

あの日、受領書は白衣のポケットに二つ折りにして入れた。

そのことを思い出した藤森は、高畑の研究室へ急ぐ。

嫌な予感がして、たまらない。

どこでレポートがなくなった？　たまたま偶然起こった運の悪い事故だろうか？

「でも、そうじゃなかったら…？」

あの日、学生課には高畑がいた。

「もしかしたら高畑教授《せんせい》が、佐久間のレポートを？　でも、どうやって…？」

いくら高畑といえども、一旦学生課の手に渡った他学科の学生のレポートを簡単にどうにかすることは出来ないはずだ。

疑い始めたらキリがない、だが藤森にはこのことに高畑が絡んでいるような気がして不安ばかりが募った。

藤森は体の痛みも忘れて研究棟の階段を駆け上がり、高畑の研究室のドアを開く。

高畑は講義に出ていたはずで、まだ研究室には戻ってきていないようだ。

「俺の白衣…」

大学にいる間は夏でも着ている白衣は、ここで脱ぎ着している。藤森の白衣は研究室のロッカーに先日自分で掛けたままの状態で、ハンガーにあった。

「ない…」

だが白衣のポケットには、あるはずの受領書がなかった。

確かにこのポケットへ入れた、それは間違いない。名前が入っているこの白衣も自分のもので、代えは洗濯のためまだアパートの部屋にある。

「それならどうしてないんだ？」

ポケットは中に入れたものが落ちにくくなっているので、メモ程度なら逆立ちしても落ちたりしないだろう。藤森も普段このポケットにカードや小銭を入れたままにしている。

それでもどこかへ落としてしまったかと、ロッカーの中や自分のデスク周り、果ては引き出しや、あの日使っていたファイルや書類まで全部広げて探した。

だが、見つからない。どれだけ探しても、あるはずの受領書は出てこなかった。

「なんで見つからないんだ」

もしあの時佐久間が自分でレポートを提出していたら、こんなことにはならなかったかもしれない…そんな悔いが藤森の脳裏を過《よぎ》る。

受領書などなくても提出したのが佐久間本人であれば、学生課の女性が覚えていたはずだ。

彼はとにかく好意的に人目を惹《ひ》く。悪目立ちする自分とは、印象が違う。

だが現実提出したのは藤森で、確かに佐久間のレポートだったという証拠がない。

「本当に学生課へ提出したのか、佐久間に疑われて当然だ」

そう考えるとさっき佐久間と渡り廊下で擦れ違った時、自分を見なかった彼の行動も納得出来る。

足下からすう、と力が抜けそうになった藤森は、自分の片腕を支えるように摑んだ。

「違う、佐久間…！」

でもそれをどう証明したらいい？　レポートは未提出で、提出を証明出来る唯一の受領書も藤森は紛失《なく》してしまったのだ。信じてくれと言っていた彼を、裏切るような行為にしか見えないだろう。当事者である藤森自身でも、信じ難い。

「貴生？」

扉が開き、講義を終えた高畑が戻ってきた。

「教授《せんせい》…」

扉を閉めた高畑は藤森への前へ来ると、彼の匂いを嗅《か》ぐように肩口へ顔を近付ける。

「体は大丈夫なのか？　二日も大学へ来ないから、心配していたんだよ。…貴生？」

話の途中でやんわりと高畑を押しのけ、藤森は後ろへ後退《あとずさ》った。

「教えてくださ い、教授。俺の白衣のポケットに入っていた、受領書を知りませんか？」

「受領書？」

なんのことだね？　と言わんばかりに高畑は藤森の前で両手を広げてみせる。

「…」

証拠は、ない。だが口元だけの笑みに、彼が何か隠しているのが判る。

藤森は自分を抱き締めていた腕の力を強めた。

「レポートを提出した時に、学生課から発行して貰える提出証明書のことです。俺が大学を休む前の日、代わりに学部生のレポートを提出したんです」

「ふむ」

まるで関心を示さない相槌《あいづち》だ、だが高畑は惚《とぼ》けながらも藤森から目を逸らさない。

藤森は高畑を見つめたまま続けた。

「ですが今日大学へ来てみると、その学生はレポート未提出扱いになっていました」

「…それで？」

「どんな不幸な事故でレポートが紛失したのか判りませんが、その受領書があれば少なくとも提出した証明にはなります。探しているんです。もしかしたら先生の所有物に混ざってしまい、捨てられてしまったかも知れません。覚えがないでしょうか」

説明しながら藤森は必死に考える。実際高畑が受領書をどうにかするとして、いつそれを行動に移したのだろう？　二日も大学を休んでしまったのは、自分だ。

その間に高畑がロッカーを開けて捨てたのだろうか？　否、それはない。

高畑に自分のロッカーを物色されるのが嫌で、帰る時にはいつも第三者が開いたらすぐに判るように仕掛けがしてある。仕掛け自体は紙を一枚挟んだだけの単純なものだ。

だがプライドの高い高畑はその仕掛けのことを知っているので、意地でも彼のロッカーに手を出すことはしなかった。だから抑制として効果的に機能している。

ではいつ？　最後にこの部屋を出たのは、高畑と一緒だ。高畑が佐久間の名前の受領書が白衣のポケットにあると事前に知っていたとは考えにくいし、知っていたとしても帰る時に白衣から受領書を抜き出すタイミングはなかった。

どこかで受領書のことを知って、それからどうやってポケットから抜いたのだろう？

「…いや」

一度だけ、高畑がいる時に白衣から自分が離れた時があった。

学生課で引き留められて機嫌を損ねていた高畑に命じられ、隣の部屋に来るように言われた時だ。あの時に白衣を脱ぎ、椅子の背にかけた。その時に来客があり、女子学生が高畑を訪れている…そうだ、今日佐久間と一緒に歩いていた、あの学生。たしか木瀬《きせ》という名前。

再び藤森のいる部屋へ戻ってきた時には、高畑の機嫌は直っていた。

その時に偶然受領書のことを知り、抜かれていたのだとしたら。

「覚えがないな。その学生の名は？」

知っているくせに、とは言えず藤森は渋々その名を告げた。

「情報工学の…佐久間です。佐久間仁」

「あぁ、なんだ彼のことなのか」

高畑は興味もなさそうな口調で簡単にそう告げると、小さく息を吐き出した。

「君は何か私を誤解しているようだが、私は君の味方なんだよ貴生」

「味方？　何故ですか。三日前、俺を立てなくなるまで鞭で打って、教授以外を誰も愛するなと告げたその口が？　とても信じられません」

「それは貴生が、現実を知らないからだ。知れば、君には辛い現実《せかい》だ」

「それはどういう意味ですか？」

この男は藤森がいままで生きてきたこの現実のほうが、辛くないとでも言うのだろうか。

普段はない反抗的な藤森にも、今日は高畑は寛容でいる…ように見えた。

「判らないなら、教えてあげよう。貴生は佐久間に騙《だま》されているんだ…佐久間と、あの忌々しい館長代理の男にね」

「館長代理…講師のシノ先生のことですか？」

高畑は頷く。

「そうだ。佐久間という学生は、あの男の犬だ。あの男のためなら佐久間は何でもする。彼は佐久間と賭《か》けをしたんだよ…佐久間が、お前を籠絡《ろうらく》出来るかどうかをね」

藤森は今何を言われたのか、すぐに理解が出来なかった。

「教授…教授は、何を仰《おっしゃ》っているんですか？　俺を籠絡？　俺は痩せた男で、なんの力もない、一介の院生にそんなことをして、どんな意味があるっていうんですか？」

あまりに荒唐無稽《こうとうむけい》で、訴える藤森の声も上擦って震えている。

「そう、誰もそう考えるだろうな。…だが、もし本当だったらどうする？　貴生、君に身の覚えがないわけではないだろう？　事実、君がかつて在籍していた研究室は、今はない」

「…！」

「その研究室で、何がおこなわれていた？　応じなければ単位を与えないと、教授にセクハラを受けていたのは？　強姦紛《ごうかんまが》いのことをされそうになったのは誰だったかな？　内部密告で表沙汰《おもてざた》になり、教授は客員であったことから馘《クビ》。研究室も閉鎖になった…原因は誰？」

「教授…」

言葉を失った藤森へ、高畑は続けた。

「あり得なくはないだろう？　あの男はそのセクハラ教授の後輩にあたる。自分の先輩の名誉を損じた学生に思うことはないと言えるかな？」

「だからと言って、それがなんで佐久間を…けしかけることに、なるんですか」

以前いた研究室でのことがフラッシュバックする。教授に気に入られたことで他学生から受けていた陰湿《いんしつ》ないじめと、単位を盾に教授からもセクハラを受けていた。それが内部告発で明るみになり、教授は大学を辞め研究室は閉鎖されたことで全て終わったはずだ。

「佐久間は、高校時代から生活のためにアルバイトをしていた。先輩教授の代わりに貴生に報復したいと考えていたあの男が、佐久間に成功報酬でこの話を持ちかけていたら？　彼は背も高いし顔もいい、おまけに人気者だ。けしかけてやらせるには、彼はもってこいだ。成功して貴生が夢中になって、捨てられる様を見たいと願っているかも知れない」

「まさか…」

「万が一失敗しても君は男性で、そしてなんの権力《ちから》も持っていない。研究室の時とは違い、痛手を被《こうむ》るのは貴生ばかりで、向こうはなんの被害も、ない。あわよくばセックスのシーンでも隠し撮りしたら、弱みも握れて一石二鳥…」

「下卑《げび》た勘繰りはやめてください…！　どこに、そんな証拠が」

声を荒げた藤森と対照的に、高畑は残酷に淡々と続ける。

「それとも…それとも、もうあの犬に体を許してしまったから、庇うのか？　私とは違い、若い雄は情熱的で貴生を愉しませた？　後ろから貫かれて溺《おぼ》れたのか？」

「そんな…！　わざとそんな下品な言葉を使わな…」

「ではキスは？　貴生に触れ、求められたことは？」

「は…？」

この男は一体何を言い出すのだろう。

佐久間が自分から触れたのは、あの背中への口づけだけだ。

彼がどんな表情をしていたのか、藤森には判らない。

「貴生に好意を寄せているのなら、触れたいと思うのがあの年齢の男だと思うが？」

「それは…」

確かに佐久間が藤森を求めたことは一度もなかった。

噂を聞いて体が目的なのかと疑い、自分と寝てみるかと挑発した時も彼はやんわりとそれを退けている。その時にキスはしても、しかけたのは藤森からだった。

これまで藤森に近付いた者は皆、体目的だった。他界している両親の友人の高畑ですら、自分を裸にしている。自らの好みになるよう、調教まで施した。

佐久間は己の欲望だけで、藤森を抱き締めたことはない。

だから藤森は彼を信用した。安心出来る相手だと、思えた。

だがそうではなく…最初から肉体関係など持つつもりがないから、藤森に手を出さなかったのだとしたら？

「では訊くが。貴生はどこであの犬と知りあった？　そしてどんなふうに言い寄られた？　あまりよろしくない君の噂を知っていて、わざわざ男にアプローチする必要のない男が？　佐久間が、貴生のことをあちこちで嗅ぎまわっていることも知らないのだろう？」

「…っ」

たたみかけられる質問に、藤森は何一つ返せない。

出会ったのは、図書館本館の使われていない教室だ。図書館からの依頼で見まわりのバイトだと言っていた。

「今回のそのレポートのことも、あの男が絡んでいるとは思わなかったのか？　貴生がレポートを提出した時、カウンターに一番近い場所にいたのは誰だった？」

「…！」

いたのは、シノだ。そうだ、あの男なら提出したレポートが誰のものなのか知っている。シノなら、佐久間の名前が書かれたレポートのことを憶えているだろう。彼が兄の車のマセラティに乗ることも知っていた。

レポートの救いになるかもしれないと過《よぎ》った藤森の考えを、高畑は踏み潰す。

「あの男は貴生を陥《おとしい》れることが目的で、自分の犬と恋仲になることは望んでいない。成功してしまえば報酬を払わねばならなくなるのだから、むしろ邪魔をする側だ。提出前に記入ミスがあるから書き直しさせて来ます、とでも言って預かることは可能だろう?」

まあ推測だが、と高畑はとってつけたように続ける。

「それは…全部、推測です…」

抗《あらが》う藤森の声には、力がない。

「そうだな。では、彼本人の話をしようか? 佐久間は貴生に言ったかい? 自分は鷹来嶺至の実の弟だと」

「え…?」

ぽかんと見上げた藤森の前へ、高畑は少し前の週刊誌を広げてみせた。

そこには今回の騒動になっている映画の宣伝をかねた、嶺至の記事が載っている。

プライベートの様子を写したらしいそのカラー記事には、藤森も見覚えがある表面に艶のない特徴的なマット加工された黒のマセラティが嶺至と共に写っていた。彼の隣でキャップを被り、顔がぼかされているが車に乗り込もうとしている姿の青年は佐久間だと判る。

「佐久間が、鷹来嶺至の…？」

高畑は雑誌を凝視する藤森へ近付いて頬に触れると、その耳元で残酷に囁《ささや》く。

「おやおや可哀想《かわいそう》に、やっぱり知らなかったのだね。…彼が本当に貴生に想いを寄せているのなら、研究の手助けをするのに兄を紹介くらいするものじゃないかな？　でも、話しては貰えなかった…つまり、彼はそれほど貴生に好意を寄せていない証拠では？」

「…やめてください」

それ以上高畑の話を聞きたくなくて、藤森は自分の両耳を手で塞《ふさ》ぐ。

藤森が切に幽霊の立証を願っていることは、佐久間も知っているはずだ。自分では知覚出来なくても、見える者が協力してくれればデータの収集にも進展が望まれるだろう。

それは佐久間にも判っていたはずだ。嶺至が持つという能力が本物なら、尚更。

「報酬を支払いたくないシノが代理提出した犬のレポートを取り上げ、貴生に疑いがかかるように、提出していないように見せかけた。犬としては金は欲しいが、大学の成績に影響されてはたまらない。あの容姿では、好きこのんで男と寝る必要もない…違うかな？」

高畑の話はどれも信じ難いのに、だがそうではないと断言出来るだけの言葉を藤森は何一つ持っていない。

彼が指摘するとおり、あの佐久間がわざわざ自分へ言い寄ってくる理由がないのだ。

ここへ訪れる前に見た、冷たい佐久間の表情。もし、あれが佐久間の本心だったら？

高畑は、言葉を重ねた。

「貴生は、彼らに騙されていたんだよ。陥れられようとしていたんだ。私がそれを察知して…私なら貴生を護ってやれる。判るね？」

「…」

「私が信じられないのなら、彼に訊いてみるといい。何故あの見まわりのバイトを始めたのか、何故貴生に言い寄ってきたのか。シノとは関係ないのか？　とね」

藤森は力なく首を振る。

彼の言葉を受け入れ、素直にうん、と頷かない藤森の様子に高畑は焦れ、顔を寄せた。

「私の言葉が信じ難いのは充分に判る。だが貴生は私を疑うように、彼のことを疑ったことはあるかい？　孤立していたこの大学で彼に優しくしてもらい、舞い上がってしまった？」

「…っ」

そのとおりだ。噂を知っていても、彼は自分に声をかけてくれた。

逢いたいと、笑ってくれた。…逢えなくて寂しくて、駆けつけて貰えて嬉しかった。

それが全部嘘、だとしたら。

「ふむ…では、こうしよう。私の話は憶測に過ぎず、信用出来ないと言うのなら。貴生から彼を呼び出すのはどうかな？　私と賭けをしよう、貴生」

「え…」

「日にちも場所もどこでもいい、貴生の呼び出しに応じて彼の犬が…」

「佐久間です」

訂正され、高畑はその育ちの良さから忌々しげでも律儀に言い直す。

「…佐久間君が来れば貴生の勝ちだ。私の言葉を訂正し、詫《わ》びよう。そして金輪際…貴生を私の趣味のお相手につきあわせないと約束しよう」

「それは…」

自分の発言に相当の自信があるのか、高畑が言い出す約束であの趣味を引きあいに出すことはこれまでになかった。

「…そのかわり」

高畑はさらに顔を寄せる。

「もし私の言葉が本当なら、私の願いを聞いて貰えるかな?」

「願い?」

「少し先の話だが、ドイツの大学に客員としてどうかと声がかかっている。行けば数年になるだろう。もし行くことになったら貴生、君も一緒に来て向こうで学ぶといい。行きたがっていただろう?」

「…!」

「向こうにいる間に貴生の噂をする者は皆、この大学からいなくなっている。一石二鳥だ。優秀な修士としてここの大学から渡航すれば資金援助もされ、中退扱いにもならない」

佐久間がもし本当にシノに命じられて自分を口説く目的で近付いたのだとしたら、この大学に未練はない。まともな友人一人すら、自分にはいなくなってしまっていたのだから。

その原因の一部を作っているのが高畑だと判っているが、同時に彼は藤森の庇護者《ひごしゃ》であることも間違いなかった。高畑の研究室にいるからと、免れている嫌がらせも多い。

「…そんな大事なこと、賭けの対象では応えられません」

だがその高畑がいなくなってしまったら、彼から自由になる代わりに直接受けずに済んでいた風当たりがまともに来るだろう。二人きりだったこの研究室も、事実上閉鎖になる。

そうなればまた、別の研究室のドアを叩かねばならない。

全て承知で、高畑は言っているのだ。

「勿論、判っている。私と一緒に来ることをより考慮して欲しいというお願いだよ」

「…判りました。とりあえず、シノ先生に事実確認だけしてきます」

藤森はそう告げるのがやっとで、高畑の横を抜けてドアへ向かう。

「あのちゃらんぽらんな男が、貴生に本当のことを言うとは思えないがね」

そう言って高笑いする高畑の声を聞きながら、藤森は無言で研究室のドアを閉めた。

藤森が高畑の研究室を飛び出した頃、佐久間は図書館にある事務室で頭を抱えていた。

「どーうして、こんなことにぃ」

「知るか、まんまと嵌《は》められやがって。あれほど用心しろって言っただろうが」

隣で咥え煙草のまま、パソコンを操作しているシノは容赦がない。

「用心はしてましたよ！　だからってレポートまでどっかいっちゃうなんて思わないですよ、普通。あの藤森先輩に顔真っ赤にして、出しといてやるって不器用に言われて断れます？　あの人が好きなこの俺が！」

「お前なら厄介《やっかい》なことになるって判ってても、彼に渡したはずだから参考にならないだろ。そもそも断ったら、自分は信用されてないと思われるだろうし」

「ほらあ。やっぱりそう考えるでしょー？」

事情を知るシノに絡む佐久間は、学校から帰ってきた小学生が母親に今日の出来事を話すような口調だ。

昼休みに入り、事務室には今彼ら二人しかいない。

「向こうさんの目的は、脅しよりもお前のバイトの足止めだからな。毎晩この上で二人に逢い引きされたらたまんねえ、って考えたんだろ。かといって教授の自分が保護者気取りでのこのこいつもくっついて歩いてるわけにもいかない。レポート未提出でのアルバイト禁止程度でむしろよかったんじゃねぇの？　って俺は思ってるくらいだぞ？」

「下手すれば停学もやむなし、ってことに巻き込まれてたかもってことですよね」

「ははは、あの人なら本当にやるだろうな」

それが冗談に聞こえないから、佐久間はシノのように笑うことが出来ない。

佐久間はデスクに突っ伏して頭を抱えた。

「先輩やっと大学来たのに、あれじゃぁ俺がガン無視で通り過ぎたと思ってるよなぁぁあ」

「実際そうなんだろ」

タン、とエンターキーを押し、シノは再び入力を始める。

誰宛なのか、ディスプレイを覗くと英文でメールを打っているようだ。

「そうなんですけど！　まさか俺にくっついてるあの四年生の女子が高畑教授のスパイだからいま先輩を無視してますからね、なーんて言えないでしょうあの場所で」

「言えば良かったのに。四年の女子って…あぁ木瀬さんのことかな」

無責任に言われ、佐久間はデスクに沈没したまま唸《うな》る。

「そんなことしたら、俺のこれまでの苦労が水の泡になるでしょうが。なんのためにひとり遡って言質《げんち》取ってきたと思ってるんです？　お陰で噂の発信源は判りましたけど」

「さすがだな、ごくろーさん。それで？　巧くいきそう？」

「先輩から引き受けたバイトのほうですか？　このままいけば、多分間違いなく。最後はあの女子の先輩だけですよ。向こうから来てくれたのはいいんだか、悪いんだか…」

「向こうにも思うところがあるってコトだろ。それで？　噂の吹聴《ふいちょう》を訂正し、本人に詫びる代わりにホテルつきあえって言われたら、行くのかよ」

シノはディスプレイと睨《にら》めっこしたまま入力を続け、佐久間もまた脇でデスクに突っ伏していた。だから、スライド式のこの事務室のドアが開かれた気配に気付かなかった。

「えー？　行きますすよ、勿論。ホテル一回で済むなら安いですすよ」

悪びれた様子もなくあっさり返答され、シノは思わず苦笑してしまう。

「お前の下半身って、堅いのか緩いのか判んねぇな。他の奴と寝ても平気なんだ？」

「何言ってるんです、だから俺にあんなバイト持ちかけたくせに。平気ですよ、別に。向こうが俺を好きなら絶対駄目ですけど、彼女はそうじゃないの判ってるから全然平気」

「なるほど、お前がモテるわけが判るな。だったら尚更、藤森君を口説き落とすバイトなんてお前には願ったり叶ったりだったなあ。やっぱりお前にしておいてよかったよ」

「嘘じゃないですけど、聞こえが悪いなあ。俺は…」

言いかけた佐久間の言葉は、途中で遮られた。

「それは本当か、佐久間」

「‼　藤森先輩…！」

背後に立っていた藤森に驚き、佐久間は思わず椅子から腰を浮かせる。

「俺に声をかけたのは、シノ先生に言われたからなのか？」

「それは…」

言い淀《よど》む佐久間の横で、シノが座ったまま口を開く。

「そうだよ。俺が佐久間を雇ったの。…どうしてか、知りたい？」

「…！」

シノの口から肯定され、藤森の頬に緊張が走る。

「ちょっと、先輩！　余計なコト言わないでくださいよ…！　どっちの味方なんです？」

先生の呼称を忘れているほど慌てる佐久間の横で、シノの落ち着きは変わらない。

「俺は嘘は言わない。そして、藤森君の味方。お前じゃないけど、俺が佐久間を彼にけしかけたことは向こうに知られてる。違うと言ったら、信用を失うのは俺達のほうだ」

「だからって…ストレートに言わなくても、もっと言いかたがあるでしょう」

「シノ先生に雇われたから、俺に近付いたのか？」

藤森は真っ直ぐ佐久間を見据えたままだ。

佐久間も観念して、頷く。

「きっかけは、そうです。だけど俺は…」

「そうか。だから自分からは俺に触れず、ただ優しい後輩でいてくれたのか」

「違います、俺が先輩に触れなかったのは」

必死な佐久間とは対照的に、藤森は冷静なままだった。

ドアを開くまでは熱に浮かされたような高畑への怒りがあった。だが聞こえて来たシノと佐久間の会話に怒りを越え、急速に感情が冷えていた。

藤森は佐久間の言いたいことが判らず、首を傾げる。

「相手の本命が自分だったら、寝ないんだろう？　俺はいつ、お前にその気持ちを知られたんだろうな」

「先輩」

「佐久間から見たら俺はどれだけ哀《あわ》れだったんだろう、それとも滑稽《こっけい》だったか？　孤立していた俺に近付くのは隙だらけで容易だっただろう」

「どちらも違います、同情や哀れみで、ましてや金でシノ先生からの話を受けたワケじゃない。その先があるんです、俺の話を」

藤森は無言で制止の手を上げる。

「…もう、誰からの話も聞きたくない。確認したかったのは、そのことだけだ」

「先輩…！」

これ以上話すことはないと、藤森は佐久間へと背を向ける。

「俺を信じてください、先輩！」

「誤解なんだと言えないところが大変そうだが」

空気を読まずに茶々を入れるシノを、佐久間は睨みつけた。

「先輩は黙っててください。元はといえばシノ先輩が…」

藤森は足を止め、振り返る。

「今更どうでもよくなってきましたけど。シノ先生、ひとつお訊きしていいでしょうか」

「なんなりと」

「あの日、俺が佐久間のレポートを代理提出したことを憶えていますか？　カウンターにあったレポートです。佐久間の名前を、憶えていませんか」

「さあ、どうだったかな。あの日は成田から直接戻って来て、疲れていたからね」

承知で惚けるシノを、藤森は責めなかった。

「そうですか」

「待ってください、藤森先輩！」

話はそれだけだと、事務室を出て行こうとする藤森を慌てて追おうとした佐久間は、その足を止める。

「あー、いたいたシノ先生、佐原先生が探してましたよー。あれ佐久間、何してたの？」

「木瀬先輩…」

藤森と入れ替わるように、例の女子学生の木瀬が事務室のドアを開いた。

おそらくは扉の向こうで盗み聞きして、出るタイミングを見ていたのだろう。

彼を摑まえて場所を変えるにしても、歩くのもままならない佐久間では動きが悪い。

まだカードが揃っていない今、誤解を覆して藤森を説得する言葉を持っていなかった。

事務室を出て行く藤森の背中に、佐久間は声をかける。

「先輩！　俺十五日に行きますから！　絶対、待ってますから！」

佐久間の声に、藤森は返事も振り返りもしなかった。


そして訪れた十五日。

結局藤森は佐久間とデートの約束と、その確認をしなかった。

当然、佐久間には高畑との賭けの話もしていない。それ以前に話をするどころか図書館の事務室で別れて以来、藤森は佐久間と顔を合わせることもなかった。

元から頻繁《ひんぱん》に顔を合わせることが出来たわけではない、平日の佐久間は授業に追われ、藤森もまた研究と勉強に追われている。

いつも逢えていたのは、あの夜の図書館だけ。だが佐久間は大学構内でのアルバイトを禁じられているし、藤森も図書館へ極力近付くことをしなかった。

かといって高畑との賭けを放棄《ほうき》することは、出来ない。

放棄してしまえば他の誰でもない藤森自身が、佐久間を信じていないと高畑に意思表示してしまうことになるからだ。

今の藤森にはどちらの言葉も、信じられなかった。分で言えば圧倒的に高畑が正しいことを告げているように聞こえる。そして藤森は彼の持つ善意の部分を知っていた。

だから藤森から佐久間を遠ざけるためだけの、高畑の言葉だと断言出来ない。

高畑からの情報は、シノの口から…そして否定しなかった佐久間自身から告げられた。

言われてみればそのとおりで、あの佐久間がわざわざ男の…しかもよろしくない噂を持つ藤森を選んで好きになる必要がないのだ。

「面白おかしく利用されたんだよ、貴生は」

「…」

それでも佐久間に裏切られたと、藤森はどうしても思えないことがある。

『笑って』

佐久間は、自分にそう言った。

長い間笑うことを忘れていた自分に、佐久間は見本のような笑顔で告げた。

『俺を、信じて』

自分を信じられない代わりに、俺を信じてくれと佐久間は言っていた。

ただ騙すだけなら、そんな言葉をわざわざ告げる必要がない。彼は言葉を尽くさずとも、人に惹かれる男だ。…自分が、彼に惹かれたように。

藤森を騙していた後ろめたさで言ったとも思えるが、それならむしろ疑われるような言葉を極力回避するだろう。最初から嘘なら短期決戦、耳に心地好い言葉ばかり選ぶはずだ。

大学の外で逢おう、少しだけ藤森が自由でいられるところで。

佐久間はそう、藤森に提案していた。だからこの十五日に、と提案されたのだ。

高畑の言葉も、佐久間の真意も今の藤森にはどちらも信じられない。

「だが自分はどうしたい？」

そう自分に問うと、一つだけ答えが返ってくる。

「佐久間に逢いたい」

自分を騙していたのだとしても、それでもいい。その間自分は幸せだった。

孤独だと思っていた自分に、誰かと一緒に居る心地よさを思い出させてくれた。

「何も望んでいなかったんだから、何も失ってない。一方的に佐久間が悪いわけじゃない」

だから藤森も、十五日に賭けた。

もし佐久間が来なかったら、高畑とドイツへ渡ろう。彼の言うとおり、数年海外にいれば戻って来た時に学生の殆どは自分を知らないのだ。

そして…もし佐久間が来てくれたら。

「とりあえず、殴ろう」

事務室でも、佐久間は何か言いかけていた。だがあの木瀬…佐久間と逢わなくなってから、頻繁に高畑の所へ訪れている彼女が来た途端、彼は開きかけていた口を閉じた。

殴らせて貰ってから、彼の言い訳を聞こう。怒るのはそれからでいい。

一人で浮かれて落ち込んで、そして現実を知っただけだ。

だから藤森はあのギャラリーのことを高畑に話した。他にどうしようもなかったというのもあるし、実際佐久間と確定の約束をしていないので来るかどうかも判らないのだが、どうなってもいいという彼に対する怒りも正直少なからずあったからだ。

ただし以前から約束していたとは言わず、賭けはその場所だとだけ高畑に教えた。

「私も一緒に行こう。そうすれば私が佐久間君が来られないように邪魔をしたと、貴生に疑われなくて済むからね」

そう申し出た高畑の同行も、藤森は承知した。佐久間が来られないように邪魔する気なら、本人でなくてもやるだろう。だから同じだ。

約束の日、やや遅くなってから藤森は大学を出た。高畑は別件で外出していて、そこから待ち合わせのギャラリーへ向かうらしい。

高畑と一緒に出かけることにならず、藤森は心底安堵《あんど》しながら電車を乗り継ぎ、約束の場所へと到着したのは夜の七時を過ぎていた。

ギャラリーの一階はカフェになっていて、駅から離れている立地でありながら女性客も多い。藤森より少し若く愛想のいいフロア担当の男性店員に、二階のギャラリーはカフェの閉店までやっていると教えて貰った。…店内に佐久間の姿はない。

先に到着していた高畑は窓際の席に座っていた。別のテーブルがよかったがカフェは混んでいて、半分不本意ながら同席する。

「彼は多分、来ないよ」

席に座り、柑橘《かんきつ》系の爽やかな匂いがするおしぼりを貰った直後、高畑がそう告げた。

「何故ですか」

「今頃木瀬とホテルだろうから。彼女が誘って、行くと言っていたからね。ちょうど今頃そうなるように設定したし。彼はここの約束を忘れているのか、もうどうでもいいのか」

「…教授…あなた、わざと」

もしかしたら妨害工作をするかも知れないとは思っていたが、開口一番勝利宣言のようにそのことを藤森に告げるとは。

高畑は心外だと言わんばかりに、肩を竦《すく》めた。

「彼に誠意が…少なくとも貴生へ愛情があれば、どんな試練でもここまで来ると思ってのことだよ。別に彼が来られないようにわざと謀《はか》ったわけではない。応じたのは、彼だ」

「…っ」

ではこの男は、佐久間が来ないことを見届けるためにわざわざ来たのか。

彼が訪れず、藤森が打ち拉《ひし》がれるところを、見るために。

藤森はコーヒーを頼み、高畑は先に自分が頼んでいたものと同じものをもう一杯求めた。

会話はそれきりで藤森は一言も口を利かず、高畑もそんな彼に興味がなさそうに持ってきていた書類を読み始める。

…時間は八時をまわり、いつの間にか九時も過ぎた。

客足は入れ替わりながら、それでもようやく人数が減ってくる。

待ち合わせをしていると最初に告げているので、店の者も時々水のおかわりを問いに来る程度で、彼らのテーブルはかまわずにいてくれていた。

九時三十分。

「私は閉店までいてもいいが、貴生はどうする？」

「…」

高畑の問いにも無視し、藤森は頬杖を突いたままじっと店の外を見続けている。

「…あ」

その藤森から、小さな声が上がったのはそれからしばらくして。

まさか佐久間が来たのかと高畑も店の外を窺うと、そこには夜に融《と》けるようなマット加工された外車がちょうど店の前に駐車するところだった。

見覚えのある、特徴的な艶消しの黒。

まさか、佐久間だろうか。

「…」

逸《はや》る胸を押さえて見ていたが、車から出てきたのは佐久間ではなかった。

「いらっしゃいませー」

明るい声に招き入れられ、長身の男が歩幅広く颯爽《さっそう》と店内へと入ってくる。

キャップをやや目深に被り、目立たない格好だが、目敏《めざと》い女性客が悲鳴のように小さな声をあげた。

男は店員に小さく声をかけ、そして真っ直ぐ藤森達がいる席へと向かって来る。

足の長さを強調するようなタイトなジーンズにブーツだが、フローリングの店内に、その足音は殆ど響かせなかった。

「藤森サン？」

「あなたは…」

藤森を確認すると、男は佐久間に似た笑顔を浮かべて頷く。

「お約束通り、ここへ」

「君は…鷹来嶺至…！　どうしてここへ」

驚いた声をあげた高畑へと、嶺至は視線を移す。

「いつぞやはどうも、高畑教授。どうしてと言われれば…約束を果たしに」

そう簡単に挨拶をした嶺至は、藤森の腕を軽く捕らえて立つように促した。

「一体何の冗談だ⁉　私は佐久間を…」

立ち上がった藤森を庇うような立ち位置で、嶺至はここへ来た理由を簡潔に伝える。

「そう。だから俺が来たんです。『佐久間が、藤森さんと待ち合わせにここへ来ること』ですよね？　佐久間仁《じん》本人、とは約束していませんよね？　俺も佐久間なので」

「な…！」

顔色を変える高畑へ、嶺至は確認するように言葉を重ねる。

「じゃあ行こうか、藤森サン」

「でも…」

何故佐久間ではなく、彼の兄がここへ来たのか混乱する藤森の耳元へ嶺至は囁く。

「…仁が、待ってる。俺は代わりにここへ君を迎えに行くように、弟から頼まれたんだ」

「…！」

「ま、待て…」

立ち上がろうとする高畑を佐久間はやんわりと、だが有無を言わせぬ声で制した。

「俺達はデートの約束でここに来たんです。保護者の干渉は野暮ですよ、教授」

「…っ」

そう言って嶺至は、あっという間に藤森をその場から連れ出してしまった。


嶺至は助手席に藤森を押し込み、すぐに車のエンジンをかける。

ギアを入れてバックしようとした嶺至は、何かを思い出し藤森を覗き込んだ。

「あ…もしかして、二階のギャラリー見る？」

「いえ…！　それは、いいです」

「そう？」

確認した嶺至は佐久間とよく似たハンドル操作で、マセラティを発進させた。

佐久間が待っていると言われ、てっきり外にいるかと思って促されるままついてきてしまったがどこへ行くのだろう。

嶺至がスイッチを入れたカーナビからは、運転を愉しめるような軽いリズムの音楽。

「あの…」

「藤森サン、俺のこと憶えてますか？」

問う前に別のことを唐突に訊き返された藤森は頷いて続けた。

「以前テレビ番組のスタジオで、お会いしています。憶えているかは、芸能人のあなたに俺が訊く質問だと思うんですが」

藤森の返事に、嶺至は運転しながらにこりと笑う。

「俺のことは憶えているのに、仁は忘れてることのほうが俺には不思議だが。仁…あの観覧席で、君の隣に座っていただろう？」

「…え？」

「音がして落ちてきた機材から、君を庇った高校生の男の子、憶えてない？」

「…！」

一年前、もしかしたら面白い心霊現象が見られるかも知れない、高畑へそう連絡を寄越したのは顔見知りの番組プロデューサーだった。

だがその日高畑は外せない用があったため、彼の代わりに藤森が番組を観に行っていた。

期待はしていなかったが万が一とカウンターを持参していたのだが、生放送中本当に怪異としか表現のしようがない事象が起こって騒然となった。

藤森はひな壇《だん》になっていた観覧席の中よりの端に座っていた。突然静電気のような音がしたと思ったら、天井に設置されていた照明機材の一部が観覧席へ向かって落ちてきたのだ。

「憶えて、います。あなたが突然天井を向いて…その直後俺はその高校生に腕を引かれて」

その瞬間、隣に座っていた高校生が突然腕を掴んで自分に引き寄せ、覆い被さった。

座席から引き倒されるほどの勢いだったが、落ちてきた機材の破片は藤森がいた場所を掠

め、通路に直撃していた。

「もしその彼がいなかったら、俺は怪我をしていたかも知れなくて」

「うん。君に怪我がなくてよかった。君を庇ったその高校生が、仁」

自分もその高校生も怪我はなく、放送終了後番組の責任者と何故か番組ゲストだった嶺至が一緒に様子を見に来て…その時に持ってきていたカウンターが異常な数値を示した。

藤森は思い出そうとして、自分の額へと手をやる。

「すみません、俺…その数値に気を取られてて。今の今までその高校生のことを忘れていました。…本当に、佐久間だったんですか？」

それどころか、今教えられても藤森はその当時高校生だった佐久間の顔を思い出せない。

「仁だ。俺の忘れ物を届けに来て、番組を観ていたんだ」

「…じゃあ、俺は大学で佐久間に会ったのが初めてじゃないのか？　それならどうして俺にそのことを言わなかったんだ？」

「『俺を憶えていますか？』って？　なんだかそれ、ナンパみたいに聞こえない？」

この兄弟は、発想が似ているのだろうか。

「だから…どうして男の俺に、それがナンパ言葉だという発想に？」

今度は目眩《めまい》を感じて自分の額を押さえる藤森に、嶺至は首を傾げた。

「あれ？　だって君、仁に口説かれているんだろう？」

「…！　…多分、違…違い、ます」

ぎこちなくそう答えた藤森を、嶺至は気にした様子もなく続ける。

「まあ仁《あいつ》の場合、俺と前に会ったよね？　なんて絶対に自分からは言わないだろうから、別に隠していたわけではないと思うけど」

「なんで…」

嶺至に問うつもりではなかったのだが、ついそんな言葉が零れてしまう。

「さあ。相手が憶えていたら言うだろうし、憶えてないならそれはそれで、くらいのつもりでいたか…思い出して欲しかったから？　何故言わなかったのかは本人に直接訊くといい」

「…」

佐久間によく似た、だけど彼よりはもう少し低い嶺至の声を聞きながら藤森はガラス越しに流れる夜の景色を見つめた。

同じ車に乗っているのに、隣で運転する者が違う。

自分は女性じゃないからセクシャルな魅力を相手には感じないが、言えば名前と顔が一致する有名な若手俳優が漆黒のマセラティを運転してくれている。

天気も土砂降りの雨ではなく、適度に乾燥した過ごしやすい夜だ。道路も混んでなくて滑るように車は抜けていくし、街のネオンも宝石箱のようにキラキラしている。

夜のドライブは不思議な高揚感があるはずなのに、藤森は何十分もなかった佐久間との雨のドライブの時のほうが自分がずっとときめいていたことを改めて自覚する。

何故なら隣にいたのが、他でもない佐久間だったからだ。

「…鷹来さん、あの生放送で事故があった日のお天気って憶えてますか？」

「憶えてるよ、季節外れの台風みたいな大雨と風が強かった…はずだけど」

「俺も、憶えてます。…そうか」

やっと判った。

藤森はその言葉を小さく呟いた。

「高畑教授って、あの研究まだ続けてるのか？」

誰に連絡をしようとしているのか、嶺至は片耳にコードレスのヘッドセットをかける。

「えぇ」

それから運転席と助手席の間にある、コンソールボックスに置かれていたスマートフォンの発信ボタンを押す。ハンドルを握っているので、空いた右手でリダイヤルを操作したスマートフォンのディスプレイには「ＪＩＮ」と表示されているのが見えた。

「俺はね…もしかしたら藤森サンが高畑教授に言われて、俺に近付くのに仁を踏み台にしようとしているのかと思った」

「まさか…！　…違います、俺はそんなこと絶対にしない。鷹来さんと兄弟だと知ったのも、本当に最近です」

『CALLING…』の文字が画面に点滅している。

「うん、仁にもそう言われた…あいつ出ねぇな…。それで、俺からの提案なんだけど」

「?」

「もしそういうつもりで仁に近付いたのなら、直接俺に言ってくれないかな。俺でよければ、協力するから。あとでプライベートの名刺も渡しておくよ」

「でも…そんな特技はありません、って書面が届きましたよね? 弁護士の名前で」

「タレント活動の中にそれは含まれてないから、としれっと言うけど。生活拠点は向こうだけど、日本《こっち》へはちょくちょく帰ってきてるから俺で出来ることがあると思う」

嶺至は呼び出しを一度切る。

車はどこへ向かっているのか、車線の多い大きな道路からやがて閑静な住宅街へと景色が変わっていく。

「何故、そこまで?」

途端、嶺至は相好《そうごう》を崩す。それはメディアではけして見ることの出来ない、彼のプライベートな笑顔だった。

「それは勿論《もちろん》、可愛い弟の好きな人に弟の株が上がるように協力したいからだよ。俺、ブラコンだから」

「好きな人って…」

「あれ？　仁が好きな奴って、藤森サンだろう？」

「いや…本当に兄弟、仲良しなんですね…」

衒《てら》いもなく言われ、指摘された藤森のほうがそれ以上言葉が続かない。

「仲良しは否定しないな、俺達は両親とほぼ絶縁状態だから余計にね。…それもあるけど、押し並《な》べて人当たりよくてソツなくこなしてるあいつが、藤森サンのことだけは違うから。たとえて言うなら『我を忘れる』感じ」

「…」

「俺に自分の代わりにあなたを迎えに行ってくれなんて、普段のあいつなら絶対に頼まないんだよ」

「そうなんですか？」

「うん。アレ、ガキの頃からしっかりしていて、やりたがりだから。年齢も離れてるし兄貴としてはもっと甘えて欲しいんだけど、迷惑かけたくないって思っているのかなかなか頼ってくれないんだよ」

　半分ぼやき口調の嶺至は俳優の彼ではなく、弟を可愛がっている一人の兄の姿だった。

「自分で出来るから、誰かに頼らないんですね」

「そうそう。かといって他人に厳しいわけじゃなくて、むしろその逆なのがあいつらしいんだけど、そこが憎たらしい」

「…それは、なんとなく判ります」

佐久間は、藤森の苦しみにすら迷いなく手を差しのべた。彼の手とぬくもりに、自分はどれだけ助けられただろう。佐久間の本心が別にあったとしても、自分にとっては本物だ。

「…それと」

「？」

「俺と兄弟、というのも。特に隠してるわけじゃないんだけど、俺に迷惑がかからないようにって思っているみたいで、あいつが自分の口から兄弟だって言うことはまずないんだ。特に藤森サンが研究している関係は俺が神経質に忌避《きひ》してるからね」

嶺至は一度そこで言葉を切ると、今度はゆっくりと…囁くような口調で続けた。

「藤森サンだったから、言わなかったんじゃない。だから藤森サンにも思うところはあると思うけど、仁を責めないで欲しい」

そんなことはしないと、藤森は首を振る。

「しません、けして。…だから、あなたから協力を申し出てくださったんですね」

「たまには『おにーちゃん頼りになるぅ』って言わせてみたくて。だから藤森サンも、それに協力してくれたら嬉しいなと目論《もくろ》んでる」

自分に理由があるからと、藤森に負担がないように嶺至もまた言葉を選んでいた。

「…ありがとうございます。やっぱり佐久間と、似てますね」

「そう？　あいつに似てると言われると、嬉しいけど」

そう言って嶺至は再びリダイヤルのボタンを押した。車の音楽のボリュームを下げている間に、ようやく佐久間と繋がったらしい。

「おい、今どこにいるんだ？　もう到着《つく》ぞ」

運転しながらの開口一番の問いに、向こうの声がかすかに藤森にも聞こえてくる。

「ぁあ？　またやったのか？　バカだなー。それで？　あぁ判った。じゃあ」

「今の…佐久間、ですか？」

短い内容だったが、佐久間に何かあったのだろうか。

「そう」

嶺至の言葉は簡単で、藤森はそれ以上訊くのもなんとなく躊躇してしまう。

車はやがて、入出庫にセキュリティが施された瀟洒《しょうしゃ》なマンションの地下駐車場へと降りていく。広い地下駐車場には高級車がずらりと並び、嶺至はその一角にマセラティを停めた。

地下からエレベーターで一気に居住区階へと上がる。まるでリゾートホテルのようだ。

オープンテラスの廊下をしばらく進んだ先が、彼らの自宅だった。

「どうぞ」

嶺至は鍵を開け、先に藤森を部屋へと通した。

表に表札はなく、ここがどこだか判らない藤森は困った表情を嶺至に向けた。

「あの、ここは…？」

「俺の部屋で、仁が一緒に暮らしてる。あいつもうすぐここへ来るから、上がって待って貰えるかな。男二人の生活だから散らかってるけど」

広い玄関で再度どうぞ、と促され藤森は改めて部屋へ上がる。

「お邪魔します」

散らかってると言っていたが、中へ通されたリビングは綺麗に片付けられて脱ぎ散らかした衣服なども一切ない。敢《あ》えて言うなら、居心地のよさそうなカウチソファとサイドボードに横文字の雑誌と何冊もの脚本が無造作に積み上がっている程度だ。

これで男の二人暮らしなら相当に綺麗な部類だろう。

ダイニング兼用のリビング自体も広く、観葉植物が溢《あふ》れて見える窓際には不思議なデザインのバランスチェアが無造作に置かれていても窮屈《きゅうくつ》な印象が全くない間取りだ。

「本人ももうすぐ戻ってくるから、そしたら俺は仕事に出るから気兼ねなく。それまで好きなところに座って。コーヒーでいいかな、酒ならワインがあるけど」

「おかまいなく。…すみませんでした、お仕事なのに迎えに来て貰って」

改めて丁寧に頭を下げた藤森へ、飲み物を出すためにキッチンへ向かった嶺至はどういたしまして、とやんわりと笑った。

そう笑うと、やはり佐久間と似ている。十年後の彼は、きっとこんな雰囲気なのだろう。

「車でも言ったけど、仁はあんまり頼みごとをしない奴だから、たまに頼まれると嬉しいのはこっち。…詳しいことは聞いていないが、兄貴がお節介風を吹かせて…もう一つだけ」

嶺至はそう言って、人差し指を立てた。

「あいつは人を騙したりしない。何故なら裏切られた時の気持ちの悪さを知っているから」

「…！」

「だからもし仁が…例えば『信じてくれ』とか、言っていたら…藤森サンの限界少し前まででいいから、あいつを信じてあげてくれないか。それでも駄目なら、あいつを見放してくればいいから。そうなったら自業自得」

その言葉を噛み締めるように藤森は目を伏せ、顔を上げる。

「佐久間は…あなたの弟は、友人や…とりまく周囲の人に恵まれたんですね。それだけのことをあいつ自身がもたらしている…のだと思います。あいつに人望があるのが頷ける」

「そんな仁に見込まれたなら、藤森サンも相当の魅力ある人ってことだろ？」

「…」

思いもよらない嶺至の言葉に、藤森は思わずその顔を見つめてしまう。

見つめられた嶺至も、かつて佐久間がそうしてくれたように微笑《ほほえ》み返してきた。

「そんなこと言われたことない、って…そんな思いきり途方に暮れた顔をしなくても」

目眩すら感じて、藤森は自分の額へと手を遣《や》る。

「いえ、本当に…言われたことないですよ」

「じゃあ耳にする機会がなかったんだ。あいつの取り柄は人を見る目くらいだから」

「…はあ。自分のことを言われている気がしませんが」

お湯を沸かしている間、嶺至は隣室から革の名刺入れを手にリビングへ戻って来た。

「これ。日本にいる時にはいつでも」

そう言って芸名と共に本名と携帯の番号、そしてアドレスが手書きで記された上質な紙の名刺を手渡される。偽造を懸念してか、名刺には『012』とカリグラフィーフォントでデザインされた数字の型押しがされていた。

用紙だけでも特注なのが判ることから、わざと文字を手書きにすることでこれがプライベートな名刺だと相手に伝わるように作られている。

「…このカリグラフィーは、なんの番号ですか?」

番号を不思議に思い問うと、嶺至は子供のような顔をして笑う。

「俺の本名が嶺至《れいじ》だから、駄洒落《だじゃれ》。日本人にしか通じないけど」

お湯が沸いて嶺至がコーヒーを淹れ始めると、玄関から音が聞こえてきた。

「悪い藤森サン、もしかしたらあいつ、ひとりでドアが開けにくいかも知れないからちょっと出て貰える？　こんな時間にドアフォン鳴らさないで来るのは弟《仁》だけだから、大丈夫」

「はい」

言われ、藤森は玄関へ向かう。もしかしたらこちらからドアを開けたほうがいいかも知れないとドアノブへ手をのばしたタイミングで、賑やかな声と共に向こうから先に開いた。

「ほら、着いたぞ」

「痛ててて…！　先輩ほんとにマジで痛いんですって…！」

「あと一、二回足を前に出すだけだろうが…うえっ⁉」

半分涙声のようになっている佐久間に肩を貸して中へ入ってきたのは、長谷《はせ》だった。

かつて駅前で藤森を待っていた佐久間を、無理矢理引き剝がして連れ去っている。

玄関にいた藤森に思わず驚いた声をあげた長谷にかまわず、佐久間の様子に息を飲む。

「佐久間…！」

「よかった藤森先輩、来てくれたんですね…」

佐久間は藤森の姿に笑顔になるが、額には汗が浮かんでいた。

「いや、俺も来たばかりで…ここがお前の家だと知ったばかりなんだ」

「うん、もし行き先告げたら途中で降りて帰っちゃうかも知れないから、黙って連れてきてくれって兄貴に頼んだの俺です。すみません」

「佐久間…」

確かにそうしていたかも知れないが。という言葉を、藤森は飲み込む。

こうして佐久間本人に逢えて、藤森は改めて思う。

…逢いたかった。ただ、それだけで嶺至の運転する車に乗っていた。

「あ、そうだ！　長谷先輩、約束憶えてますよね？　せっかく藤森先輩がここにいるんだし、今ここの場所で済ませてしまうのどうですか？」

何を思いついたのか、佐久間に突然話を振られた長谷は驚きでもう一度奇声を発する。

「急にお前っ…！　俺にだって、心の準備ってものが…」

「でも長谷先輩こう言ってはなんですが、大学の不特定多数の公衆の面前で言うのと俺しか見てないのとどっちが気が楽だと思います？　絶対今ですよ？　間違いなく」

「？」

なんのことだろう？　と藤森は佐久間を見るが、彼は用があるのはこっちだと言わんばかりに自分を支えてくれている長谷を行儀悪く指差した。…しかも何故か満面の笑顔で。

佐久間が浮かべている笑顔の無言の圧力に押され、最初はしどろもどろでいた長谷は勢いよく頭を下げた。

「ふっ、藤森、さん…！　えーと実は俺、同じ学部の先輩から聞いた噂話を、鵜呑《うの》みにして…その、本当かどうか確認しないで、無責任にあんたのことを言ってまし、た…！　すいませんでした！　撤回して、謝ります！」

「え？　は？」

突然の謝罪に驚く藤森へ、長谷はその姿勢のまま続けた。

年齢は藤森が上だが、背格好は長谷のほうがずっと大柄だ。それが叱られた子供のように頭を下げているのは傍目《はため》、不思議な光景に見える。

「こいつ…佐久間に、噂の…風評被害というか、言われた奴がどれだけ辛い思いするかって、もしあんた…じゃない、藤森さんに詫びを入れなければ、噂の発信源扱いするって言われて…他の奴が面白おかしく話しているし、他愛ないもんだとしか思わなくて…」

「いや、別にいいよ…。他の人だって話してたことだから…でも、わざわざありがとう」

柔らかな藤森の感謝の言葉に励まされ、長谷は顔を跳ね上げた。

そして近距離ではほぼ初めて見る彼の端正な顔につい見惚《みと》れてしまい、その羞恥でさらに顔を赤くしながら慌てて再び俯く。

「じゃあ、俺のこと、許して貰えますか⁉」

「それは、勿論…。そういうの話してた本人に頭を下げるの、結構勇気が要《い》るし、嫌なことだと思う。それなのに、わざわざ俺に頭を下げてくれてすまない」

藤森のほうからも謝られ、長谷は濡れた犬が水を払うようにぶんぶんと頭を振る。

そして佐久間の首へと腕をまわして自分へと引き寄せた。

「元はといえば佐久間が…藤森さん、知ってました？　こいつ、藤森さんの噂してる奴に、片っ端から会って、誰にその話を聞いたのか探していたんですよ」

「…！」

「うわ、長谷先輩…！　そんな余計な話は藤森先輩にしなくていいんですよ…！」

佐久間は慌てて長谷の口を塞ごうとするが、その狼狽《うろた》えぶりが面白くて続けた。

「俺が謝った一号になったみたいですけど、今度藤森さんが大学へ来た時俺みたいに突然謝ってくる奴、いると思う。それ全部佐久間《こいつ》のせいですから！」

「長谷先輩！」

長谷は佐久間を玄関に寄りかかれるようにしてやってから、支えていた腕を離した。

「俺はちゃんとこの人に謝ったからな、だから今度女子達との飲み会、絶対設定しろよ、いいな！　あ、じゃあ俺はこれで…」

「あれ、先輩上がっていかないんですか？」

「俺は飲み会の途中でお前を送ってきただけだよ！　また戻って飲むんだ。じゃあな」

佐久間に念押しし、藤森には愛想笑いで頭を下げてから長谷は来た時と同様慌ただしく帰ってしまった。

「ありがとうございました、先輩」

佐久間は片足ケンケンでドアから顔を出し、帰って行く長谷へ声をかけてから閉めた。

ドアが閉まり、佐久間は玄関に立ち尽くしていた藤森を見つめる。

「約束に行けなくて、すみませんでした」

「いや…いいよ。お兄さんが迎えに来てくれたし…あの木瀬って女の子といると思ってた」

玄関で半分惚《ほう》けたように佐久間を見つめたまま、藤森はそう小さく呟いた。

「ね！　飲みに行こうって脅されたんで、長谷先輩…今の先輩がよく飲みに行ってる店に連れて行って、合流しちゃったんです」

「それがどうして、そうなったんだ？」

藤森に浮かせている左足を指差され、佐久間は苦笑いを浮かべた。

「いや…飲んでた居酒屋が座敷席で、俺は端に座ってて、隣にいた木瀬さんが機嫌悪くしちゃって、このままホテル行こう？　って誘われたのをやんわり断ったら、冗談半分で突き飛ばされて落ちて、もう一度左足首を捻って、ですね…」

「…」

藤森は声に出さなかったが、その顔には明らかに『呆《あき》れた』と書かれている。

「あぁやっぱり呆れられた」

「当たり前だ、バカ」

「仁、そんなところで話してないでこっち来いよ」

嶺至の声に佐久間は藤森に肩を借りてリビングへ到着し、ソファへ腰かけた。

「酒は？」

「まさか、飲んでない」

「…」

藤森の分のコーヒーをトレイに載せて来た嶺至は彼をソファへ座らせ、それから無言で作り付けのキャビネットから救急箱を取り出し、脇へ置く。

「ほら、見せろ」

そう言って自分もソファに座って自分の足の上に弟の足を乗せると、手慣れた仕種で包帯を解《ほど》き、様子を見てから湿布とテーピングを施して改めて足首を固定する。

いつもそうしてやっているのか、処置の手際も早く巻かれたテーピングも美しかった。

「ほんっと、お前バカだな」

「返す言葉もございません…」

しょんぼりうなだれる佐久間がいつもの様子に見えて、藤森はやっと小さく息を吐く。

「そうだ藤森サン、飯は？」

「いえ、俺は…」

遠慮する藤森を遮り、佐久間が口を開いた。

「兄貴、俺も腹減った。パスタがいい」

「仕事に出かける前の、しかも目上の者に飯を作らせるとは…」

「俺だけならなんでもいいけど、お客さんに得体の知れないモノ食わせられないだろ？　兄貴のパスタ、美味《うま》いよ」

最後のほうは藤森へ向けたものだ。

嶺至はやれやれと呟きながらキッチンへ向かうために立ち上がる。

「あの…！　どうぞおかまいなく。急にお邪魔してしまったのは俺なので」

「大丈夫、茹《ゆ》でて混ぜるだけだから。あのカフェで、ずっと仁を待ってたんでしょう？　少しでも飯食わないと持たないよ。それに連れてきたのは俺達だから」

コーヒーを淹れている間に既に準備していたのだろう、嶺至はあっと言う間に簡単に二人分のパスタを作ってしまう。

パスタはブロッコリーと生ハムのペペロンチーノ。カフェのようにテーブルをセッティングしてから、嶺至はやっと出かけるために鞄と上着を手にした。

「帰ってくるのは明後日《あさって》の夜になる、なんかあったらマネージャーの携帯に連絡して。藤森サンも、そのバカよろしく。面倒になったら見捨てて帰っていいから」

そう言って嶺至は二人を部屋に残し、出かけてしまった。

バタン、とドアが閉まり外から鍵をかける音が響く。ドアを閉めてしまうと防音効果が高いのだろう、嶺至が去る足音は聞こえなかった。

「…」

ドアがしまった途端、急にリビングが静かになってしまう。

沈黙に耐えられず、最初に口を開いたのは藤森だった。

「…今度佐久間に逢ったら。まず殴ってから話を聞こうと思ってた」

「え？　じゃあ…一発、殴っときますか？」

真顔だが恐る恐る自分の頬を指差す佐久間へ、藤森は苦い表情を露骨に浮かべる。

「怪我人《けがにん》を殴れるわけないだろう…」

「すみません…」

叱られた犬のように項垂れる佐久間の前で、藤森は改めて大きく溜息をついた。

「ここは大人の俺が譲歩するのが妥当か…、とりあえず今殴るのは我慢するから。説明してくれ、全部。佐久間は…いつから俺を知っていた？　あのテレビ局なんだな？」

問われ、佐久間は小さく首を振る。

「正確には、違います。正直に言ったら、先輩怒ると思いますけど」

「怒らせるようなコトを言えば、怒る」

「うぅ先輩らしい。…あのですね俺、高校の頃からあの大学へ出入りしてるんです。シノ先生は兄貴の友達で、先輩後輩の間柄なこともあって」

「高校の頃からって…じゃあ三年…四年も前から？」

それは思いがけない言葉だった。その頃ならもう、藤森はこの大学にいる。

佐久間は小さく笑って、そして遠慮がちに手を広げて片手をあげた。

「高校だけなら四年、入学してからを含めたら五年です。高校は一年ダブってますから。…出入りといっても最初は図書館で本を借りるのから始まって、シノ先生の研究の手伝いとか野暮用とかを。…最初に先輩を見かけたのは多分、その頃です。まだ学部生で…その頃の先輩は、いつ見かけても誰かと一緒で…そして笑ってました。あぁ愉しそうだなーって」

「そんな前から？」

「最初はボーイッシュな女の子かと思ったんですけど。先輩を見かけるのが愉しみになりました。でもまあそのうち俺は事故で一年ぐらい病院生活して…スタジオの生放送の時は、先輩を見かけたから隣に座ったんです。だけどその時の先輩は別の人みたいになってて」

「…学部生の頃に、事故で両親を一度に失ったんだ。高畑教授は両親の友人だったから、俺の後見人というか…そんな立場になってくれたんだけど。…後で俺もちゃんと話すから」

続きを促された佐久間はうん、と頷く。

「先輩は俺のことは知らないだろうし、まさかどうしたんですか？　とも訊けず。桜橋《おうき》へ進学して、最初は偶然を装って知りあいになるつもりでいたんですけど…それで俺、図書館でバイトを始めたんですよ。だけど先輩はもう、自分を閉じてしまっていて」

佐久間は空いている隣を整え、ポンポン、とソファの上を招くように軽く叩く。

「こっち、来ませんか？　話しやすいので」

誘われるまま、藤森は佐久間の隣へと腰を下ろす。ソファ自体は三人掛けにカウチがついているタイプなので、男二人が並んで座っても余裕があり広々としている。

藤森が場所を決めてから、佐久間は再び話し始めた。

「隠さず言いますけど。俺がシノ先生に頼まれたバイトは噂の沈静化と…」

「沈静化って、あの幽霊映画のだろう？　だから夜に見まわりをしていて…」

佐久間ははっきりと首を振ると、改めて藤森を見つめた。

「それもありますけど、違います。シノ先生が俺に依頼したのは藤森先輩、あなたの噂の沈静化です。映画のほうは…まあついでに押しつけられただけです」

「…俺の？　どうして、あの人が？」

「先生のほうが俺以上に…先輩が変わっていく様子を知っていたからじゃないですか？　先輩が以前と同じくこの大学で居心地よく過ごせるように、噂の出所を探し出してクリアにしろと言われたんです。…先輩が笑ってくれるなら、俺にとって渡りに船でしたから」

「じゃあ、俺を…その…籠絡するとかいうのは？」

困惑気味に訊かれた佐久間はわざと、ぎゅーっと眉を寄せる。

「先輩がどこで聞いてきたのか判りませんが、それはバイトに便乗して目論んだ俺の個人的な下心であって、シノ先生から依頼されたコトじゃないです。シノ先生は俺が高校時代から先輩を見てたことまでは、知らないですから」

「…だから図書館の事務室で訊いた時、訂正しなかったのか」

「出来なかった、というのが本当のところですけど。あの時の口説く云々《うんぬん》は、俺が先輩を好きなことは先生に知られていましたから…からかわれたんです」

シノが憂いて、藤森の噂を消すために佐久間をけしかけた。

「近付いたのか、と言われたら嘘じゃ…ない…」

「はい。それに噂の火消しなら造作もありません。俺なら上の学年に友人も多いし、情報も集めやすい。だからシノ先生は、俺に任せてくれたんです。俺を…信じて、くれますか?」

怖々訊いてくる佐久間へ、藤森は小さく…本当に小さく頷く。

「信じるよ…俺は、お前を信じる。だけど…ずっと以前から俺を知っていたと、どうして言わなかった?」

「昔から好きでしたーって、告白したほうがよかったですか? 実のところ…先輩が憶えていなければそれでもいいや、くらいにしか思っていなかったからです。もしかしたら昔を知っている奴は嫌かも、って考えたのもありますけど。過去のことはどうでもいいし」

「過去のことは…どうでもいい…」

佐久間の言葉に、藤森は肩の力が抜けていくのが判る。

藤森は自分の膝の上に両肘がつくように両手で自分の顔を覆う。

「…俺は、お前を憶えていなかった。テレビ局での事故《こと》は憶えていても、その時のお前の顔は今でも思い出せない。俺は、そんな奴なんだ」

「それが普通です」

「面白おかしく俺を話している奴と、佐久間は同じだと思ってた。わざわざ評判の悪い男に近付く意味がない。からかわれているんだと、言われて…違うと言えなかった」

疑いながらも高畑の言葉を、自分は鵜呑みにしてしまっていた。

そのほうが、筋が通っていた気がしたからだ。

嶺至のことを言わないのも、自分が信用されていないからと感じてしまっていた。

「問い質《ただ》そうと思って図書館の事務室へ来たら、俺がシノ先生のバイトで先輩に近付いてました、って答えられたら相手の言葉を信じて当然です」

「佐久間は…ちゃんと、信じてくれって言ってくれていたのに。あの渡り廊下で無視をされて、どれだけ俺はお前のことを…好きになってたか、思い知らされた。だけど疑う気持ちのほうが膨らんで抑えられなくて…信じられなかったのは…俺だ。ごめん、佐久間…」

祈るように、囁くように藤森はもう一度、ごめん、と呟いた。

佐久間は腕をのばし、両手で顔を覆ったままの藤森を抱き寄せる。

藤森はされるままで、彼の胸へと自分を預けた。

「…木瀬先輩は自分の就職を有利にするために、以前から高畑教授に近付いていました。教授に利用されていたんです。少しでも先輩と仲良さそうにしていたら、高畑教授の嫉妬でまた酷い目に遭うかも知れない…そう思ってあの時は無視したんです。すみません」

「…」

耳元でそう告げる佐久間の優しさがかえって辛くて、藤森は力なく首を振った。

「レポートの件も、俺が佐久間を裏切ったと思われたんだと…。確かにレポートは提出したのに、信じて貰えなかった、だから無視されたんだと思い込んでいたんだ。やっぱり佐久間も俺をそう思っていたのかと…辛くて」

「先輩」

「自分で信じて貰う努力をしていないくせに、相手にだけ誠意を求めるのは違うと判っているのに。俺は自分のことだけしか考えられなかった」

「先輩…それは俺も同じです。本当は事情を説明出来ればよかったけど、もしかしたら先輩はそれを望んでいないかも知れない、だから慎重に動くしかなくて」

「慎重…？」

なんのことだろうと顔を上げた藤森へ、佐久間は顔を寄せる。

「本当のことをカモフラージュするために、わざと違う噂を流しておく人もいます。大学構内で流れていた噂も巧妙にミスリードされていたから、もしかしたら高畑教授との関係があって、その噂を放置・あるいは拡散させているのかな…？　と」

「違う…！　本当に、それは。俺自身どうしてそんな噂が消えないのか、判らなくて」

藤森が言おうとしていることは判っているので、佐久間は彼の肩を抱く力を強め、そしてゆっくりと緩めた。

「判ってます。以前も先輩はちゃんと俺に、否定してくれた。だから今回動いたんです。…本当は、俺が裏工作してるなんて先輩には知られなくてもよかったんですけど」

そう言って佐久間は申し訳なさそうに笑った。

「さっきの長谷が、言っていたことか」

「はい。地域が限定された噂を消すのは、実はそんなには難しいことではありません。出所を確認して、相手に直接その噂の根拠を問えばいいだけなので。他人の噂をするのは面白いから皆するけど、噂を流した当人《首謀者》にはなりたくないですから」

だから誰からそれを聞いたのか、割とすぐに教えてくれるのだと佐久間は続けた。

言うのは簡単だが、実行するには相応の根気と手間がかかるはずだ。

「それを、わざわざ？」

「『俺のために？』って自惚《うぬぼ》れて貰ってもいいですよ。…先輩の部屋でも言いましたけど俺、先輩が笑ってくれるなら他に誰か好きな人がいてもいいと思ったんです。でも違うなら、動きます。先輩の名誉が晴れるなら、手間も労働も惜しみません」

「佐久間。俺のその噂を流しているのが誰なのか、もう突き止めたんだな？　だから長谷にも謝らせた…そうなのか？　もしそうなら、噂を流していたのが誰なのか教えて欲しい」

「先輩はもう、気付いていると思いますが」

「高畑教授？」

問いかけではあったが、藤森の口から滑り出た名前はほぼ断定だった。

「…です。全部ではありませんが」

驚きよりも先に、納得の感情が落ちてくる。

「一応、もしもの場合も考えて相応の証拠も揃えました。後でお見せしますけど…それから…トラブルがあった以前の研究室で、先輩が受けていたハラスメントを内部リークした人物も高畑教授です。もしかしたら閉鎖に至るように計算された上での可能性もあります」

「…そうか」

相槌を打った藤森の言葉はそれだけだった。本当に、それしか出てこなかったのだ。

しばらくじっと自分の手を見つめていた藤森は、ゆっくりと顔を上げる。

「…なあ、佐久間。俺は高畑教授がそうだった、と言われて。あぁそうなんだと、それ以上もそれ以下の感情も今起きなくて。本当はここは怒るなり恨むなりあってもいいのかもしれないのに…俺はあの人を恨んだり出来ない、んだ。本当に、そんな感情が出てこない」

「俺はそれでいいと思います、先輩」

「佐久間…」

佐久間はにこりと笑い、それから藤森の手をとった。

「…話の途中ですけど俺、腹減りました。せっかくなんで冷める前にパスタ食いません？」


促され、藤森は手を貸して佐久間と共にダイニングテーブルにつく。

四人がけのテーブルにはパスタとサラダ、そして発泡水のボトルが置かれていた。

「いただきます」

佐久間が食べ始めるのを待って、藤森もご馳走《ちそう》になる。自覚はなかったのに、食べ始めると自分がどれだけ空腹だったのか実感する。

やがて藤森が食べながら、ぽつりと話し始めた。

「…両親が事故で死んだ時。両親は親戚らしい親戚がいなかったから、大学時代からの両親の友人だった高畑教授が葬儀の手続きから何から何までしてくれたんだ。本当に、親身に。一人では広過ぎる自宅を売却した後、自分の家でしばらく暮らそうと招いてくれて…夫婦で本当の両親のように接してくれた」

手を止めて話を聞く佐久間へ、藤森は少し困ったように笑う。

「今の高畑教授しか知らない佐久間には、別人にしか思えないだろうけど」

「いえ…」

本当にそう思っていたから、佐久間の返事はいつもより微妙に歯切れが悪い。

「高畑教授は夫婦仲はとてもよかったけど子供に恵まれなかったから、俺のことを実の子供のように可愛がってくれたんだ」

「それなら自然に養子縁組の話も浮かんで来そうですけど。違いますよね？」

「高畑教授とは縁故関係は一切ない。俺がただの身寄りのない子供だったら、養子縁組していたかも知れない。実際教授の奥さんはそれを望んでいたし」

「じゃあどうしてそうならなかったんです？」

藤森は苦笑混じりで順番に指を折る。

「両親が堅実な人でね。好きな研究を続けても経済的な心配がないように、若い時から不動産を持っていて。それから事故は向こうが全面過失を認めて、その賠償金と死亡保険金、両親が権利を持ってた特許の使用料と…とにかく俺一人なら多分一生働かなくてもいいくらいの遺産を遺してくれていて。その金目当てで養子縁組したと思われたくなかったみたいだ」

「あー…あの教授ならあり得そう」

「だろう？　教授もかなりの資産家だから、金なんか要らないのに口さがない者に邪推されるのが嫌だって。俺も成人していたし、いつでも遊びに来られる親戚の家、くらいのつもりで過ごしたほうがいいだろうって気遣って貰えて。…だけど、それも長く続かなかった」

「…いつから？」

「教授が変わったのは、奥さんを病気で亡くしてからだ。病気が判って一ヶ月も経たないで亡くなってしまったから、心の準備すらなかったと思う。…俺は突然家族を喪失する悲しみを知っていた。だから奥さんを亡くされた教授の、血の涙を流すような慟哭《どうこく》が理解出来た。幻でも、そのぬくもりに縋《すが》りたいと願う気持ちを否定出来なかった」

「あぁ…」

「俺が傍にいることで少しでも教授が慰められるなら…そうしたいと思った。ちょうどその頃に前の研究室でのごたごたがあったから、余計に」

「先輩が一人暮らしを始めたのはその後？」

「いや、奥さんが亡くなる前、修士課程に上がって勉強するのに教授の家を出たんだ。奥さんが亡くなった後、時々誘われて週末に教授の家に泊まることがあって。大学では教授はきちんとしていたけど…酔うと、奥さんを探すんだ。…泣きながら、家中」

その情景が見えるようで、佐久間は眉をひそめた。

「教授と亡くなった奥さんとは、父娘みたいに年齢が離れてた。泣いて奥さんを探す教授を俺は見てられなかった。…そのうち、教授を慰めるのにベッドで一緒に寝るようになって。

俺は男だし奥さんの代わりに肉体を求められたりはしなかったから、落ち着いたらなくなることだろう、としか考えてなかった。…だけど、前の研究室のことが大学中に知られて」

「それであの、展開に…？」

佐久間が何を指しているのか判るから、藤森は苦笑して頷く。

「そう。夫婦のことだから、どちらの趣味だったのかまでは知らないよ。気がついたら教授は俺を奥さんと重ねて見ていた。俺を貴生と呼びながら、『愛してる、どこにも行かないでくれ』って泣いて縋るんだ」

「傷の舐《な》めあいだと判っていても、自分が慰めになるならそりゃあ抱き締めるよな。人の体温はたまらなく優しいし、相手の気持ちが理解出来るなら尚更」

藤森は最初、父親を慰めるようなつもりだったに違いない。自分が落ち着いたように高畑もやがて妻の死を受け入れ、一緒に寝てくれと言わなくなるだろうと。

だが高畑は藤森を妻と重ねて見ることで彼女の死を認めず、彼を拘束し自分の手許《てもと》から逃げることを禁じ、噂を流すことで彼の周囲の世界を閉ざした。

「高畑教授がどんなふうに俺を見るようになっていたか気付いても、俺自身前の研究室でのことで精神的にも相当参っていたこともあって…拒めなかった。それでも距離を置こうとしたけど、俺はいつの間にか孤立していて…仮に誰かと知りあっても教授がそれを赦さない。そのうち俺は…諦めてしまった」

「教授の研究室へ入ったことも拍車をかけた？　だから先輩は幽霊を立証したいんですね」

「そうだ。亡くなった奥さんを教授に会わせてあげることが出来たら、俺は自由になれる…んじゃないかと、思った。俺のしていたことは教授を慰めていたわけじゃない、ただの自己満足だ。教授をあんなふうにさせてしまったのは、他でもない俺自身だ」

佐久間は自責《じせき》に押し殺した声を漏らす藤森の手に、自分の手を重ねる。

そのぬくもりに励まされ、藤森は顔を上げた。

「それでも。教授にとって必要だった優しさだと俺は思う。先輩の優しさを履き違えたのは向こうだ。先輩は、距離を置こうとしたんだろう？　でも手放そうとしなかったのは教授で、先輩がその罪まで背負うことはない」

「でも俺は教授の役に立つならいいって、自分の意志も放棄していた。教授の趣味を甘受していたのがいい例だ。仕方がないと思うことで逃げていたんだ。自ら進んで籠《かご》の鳥になって、教授の人形でいることに甘んじていた。それだけは、本当だ」

佐久間はもう一度、彼を励ますようにポンポンと手を軽く叩く。

「自分が弱っていたら、少しぐらい逃げてもいいと思いますけど。全部に立ち向かうだけが勇気じゃないですよ。逃げるのだって、思いの外勇気は必要なものだし」

藤森はこれから佐久間に言おうとしている言葉に恥ずかしさを感じ、俯く。

「だけど段々、教授の人形でいるのが苦しくなっていたんだ。人形でいたく、なくなっていた。どうしてだと思う？」

「？」

「…お前に逢ったからだよ、佐久間」

そう言って顔を上げた藤森の瞳は、今にも泣きそうに潤んでいる。

「…！」

「最初は俺のことを知らない奴で、善意で俺に近付いたのかと。教授に目をつけられたら、嫌な思いをするのは佐久間だ。だからお前を遠ざけたかった。俺のことを知って好奇心で近付いているなら、それを満たせば離れると思った。佐久間の本心も判ると思って」

「あー…やっぱりあれ、試したんですね？　俺のこと」

藤森は素直に頷いて詫びる。

「すまない。あの時の俺は、他に手段がなかったんだ。だけど…拒まれてそうじゃないと言われて、俺は安心して…そしてその反面、がっかりもした」

「先輩」

「…うん、本当にがっかりした自分に驚いた。体を重ねるなら、相手の素肌からのぬくもりが欲しくて愛しあうなら、そこに愛情がなければと突きつけられた。佐久間の言葉に…俺は改めて教授の人形に過ぎないのだと、判っていたはずなのに…思い知らされた」

「でも、教授は教授なりの愛情があったのでは」

優しい佐久間の提案に、藤森ははっきりと首を振った。

「断言出来るけど。教授が愛しているのは、亡くなった奥さんだけだ。その証拠に…というか、どうなんだろうあれは…デリケートな部分なんだと思うが…」

「あぁ教授、ED《勃起不全》かなんかだろ?」

「…! どうしてそれを」

ひぃ、と悲鳴が聞こえてきそうな藤森の反応に対し、佐久間のほうはシビアだった。

「いやこの間先輩の部屋へ行った時に、先輩がそれっぽいこと言ってたから…もしかしたらそうなのかと。やっぱりそうなんだ」

「奥さんが亡くなってから、薬を飲んでも全く駄目だと言っていた。…仮に大丈夫だったとしても、あの人はきっと俺を女にはしなかったと思うけど」

「女に…って、先輩、艶っぽい表現しますね。理系なのに」

「うるさい、判りやすいと思ったんだ。しかし…俺は一体何をどこまで話したんだ…」

頭を抱えそうな藤森の手を、佐久間は掴んだ。

「教授は悪くないんだ…先輩は自分が眠らないように話していた時に、そう教えてくれました。自分が拒まなかったから、教授がエスカレートしてしまったんだ、だから…って」

「俺が? 他には?」

「残念ながら、弱味やネタになりそうな教授の秘密は話してないから大丈夫ですよ。亡くなったご両親の話とか、あとは…」

何を思い出したのか、佐久間はそのまま天井を見上げてしまう。

「なんだよ、もしかして俺…何か変なことを」

「いや、いやいや違います。ええと…俺と楓理のしてないキス、に自分がどれだけショックだったか、みたいな話を…ですね…」

言われ、藤森は一瞬で頬を紅潮させた。

「それは…！　いや、本当にそうなんだが」

「先輩…もう、からかうのが気の毒になるくらい、顔真っ赤ですよ」

指摘され、藤森は空いているほうの手で自分の顔を乱暴に拭《ぬぐ》う。

「うるさい…！　自分で判ってる。アパートで近江にキス、してるように見えた佐久間の姿を見た時、本当に血が逆流するようだったんだ。違うと判って…一人で痛みと夜をやり過ごすはずだった時に佐久間が部屋に来てくれて。嬉しかった。嬉しくて…たまらなかった」

「先輩…」

「だから尚更、教授が自分に向けるものが違うって判った。心を重ねるセックスを、俺は知らない。教授は快楽を求める方法は教えてくれても、身代わりだった俺にそんなものは教えてはくれなかった。今日佐久間とこうして逢うまで、俺は何を考えていたか判るか？」

「…教えてください、先輩。多分、俺と同じ気持ちでしょうけど」

彼の柔らかな声に励まされ、藤森は自分の腕で顔を半分隠しながら続けた。

「佐久間が部屋へ来てくれた時、弱ったフリをして同情とか、とにかく何でもいいからそういうのに訴えて、…いて、貰えばよかった、って。そんな浅ましいことを考えていたんだ」

話を聞いていた佐久間は大真面目な表情で、胸の高さに挙手をする。

「ごめん、先輩。今なんて言ったか聞き取れませんでした。もう一度お願いします」

「二度も言わせる気か…！」

「いえいえ本当に聞き取れなかったんです…よ？」

「絶対嘘だと判る笑顔を浮かべて、よく言えるな…」

「聞かせてください、先輩。そしたら俺は、先輩の願いを叶えるから」

藤森は顔を隠していた自分の腕を降ろす。

「お前が好きだ、佐久間。誰よりも…好きなんだ。好きなのに、苦しくてたまらない。誰かとつきあっていても、こんな気持ちになったことは初めてだ。…顔、赤いぞお前」

「いや、まさかそんな死ぬほど嬉しい言葉が出てくるとは思わなかったんですよ…！」

キャー、と女の子のような悲鳴をあげ、佐久間は紅潮して熱い自分の頰を押さえた。

「はあ？　お前のほうが告白され慣れてるだろう!?　なんで野郎の俺からの今更な言葉にそんなに狼狽えてるんだ？」

「本命に告白されて狼狽えない奴はいないですよ…！　そうか、決意したら先輩のほうがずっと強いんだ。どうしよう、先輩。俺嬉しくて泣き…」

佐久間は言葉途中で、椅子から立ち上がった。

「クソ、届かない…」

そして小さくそう呟くと痛い足を庇いながらダイニングテーブルをまわり、藤森を世界から隠すように彼の頭を掻き抱く。

「泣かないでください、先輩」

「…っ」

佐久間は藤森の柔らかな髪に口づけ、優しく繰り返す。

「…ずっと好きだったんです、先輩。嬉しくて泣きそうなのは俺なのに、先輩が泣いたら俺が泣けなくなる」

隠すように抱き締められた腕の中で、藤森は苦しそうに息を吸い込み、吐き出す。

涙を止めようと思うのに、止まらない。

「怖かったんだ。あの、カフェで…もし、佐久間が…来なかったら、俺…」

「俺が迎えに行けなくて、すみませんでした。あの時間に彼女と飲みに行くことが、彼女が高畑教授へ先輩の情報を流し、噂を拡散させていたと認める条件だったんです。俺のレポートのことも、先輩のせいじゃないのちゃんと判ってます」

「佐久間…」

藤森は顔が見えないまま、佐久間へと両腕をまわして縋る。

そんな彼を佐久間もまた、大切に抱き締めた。

「先輩が誰のせいにもしないでずっと一人で頑張っていたの、知ってます。…これからは俺が、あなたの傍にいます。だからもう、そんなふうに声を殺して泣かなくていいんですよ」

「…」

涙で声が出ない代わりに、藤森は佐久間のシャツをぎゅう、と握り締める。

それだけで彼の想いが伝わってくるから、せつなくなるのは佐久間のほうだった。

「ねえ先輩…先輩がもう、そんなふうに泣いたりしないように。不安で辛い想いをしないように。今夜、俺と結ばれませんか？」

「…！」

驚いて顔を上げる藤森の顔を、佐久間が真剣なまなざしで覗き込む。

「俺は、先輩を抱きたい。先輩が嫌じゃなかったら、俺を先輩のものにさせて」

「佐久…んう…」

藤森の両頰を包むように手を添え、そのまま何も言えないように口づけで封じてしまう。

「は…ぁ」

シャツを握りしめていた藤森の手が、佐久間の背中へとまわされる。

一度唇が離れ、吐息が吹きかかる距離で佐久間が囁く。

「先輩の唇、甘い…」

「嘘つけ、パスタの味だ」

「大学で、俺にあんなエッロいキスした人が」

「うるさい、あれは…」

照れくさくてぶっきらぼうにそう返す藤森に、もう一度口づけを重ねる。

「ん…ぅ」

目眩がするほど深いキスに溺れて零れた恋人の吐息に、佐久間の全身が震えた。

「ね…これでお預けになんかされたら、俺は次に先輩とこんなふうに出来るまで毎晩先輩のキスと俺を抱き締めてくれてる手をおかずに自分を慰めることになるんですが」

「するな、そんなこと…！」

佐久間は唇を尖らせ、藤森の額へ自分の額をぶつける。加減しているので痛みはない。

「じゃあ、させて。俺は先輩が欲しい」

「だけど、お前…足…」

「あー…出来ない体位あるかもしれないですけど、まあそこはそれ愛と技術で大丈夫だと。俺の部屋、ベッドだし」

「いや、そうじゃなくて…誰が体位の心配をしたんだ」

「そんな潤んだ瞳に頬を赤らめて訊かれたら、先輩のこと可憐《かれん》としか言い様がないんで！

させてください」

「お前…前と後ろの台詞《せりふ》が」

究極に恥じ入りながらの藤森がたまらなく愛おしくて、佐久間はもう一度強く抱き締めてから立ち上がらせる。

佐久間の足に負担がないように立ち上がった藤森はその背に腕をまわした。応じて抱き締め返してくれる佐久間の腕は強く、それだけで満たされそうになる。

「…後悔したって知らないからな」

「先輩のその捨て台詞、むしろ挑発されてるとしか思えないからもっとやってください。俺の部屋、こっちです」

佐久間は藤森の手を取り、自室へと案内する。

十畳ほどの広さを持つ佐久間の部屋はごく普通の、大学生らしい部屋だった。

本棚と隣接した机、クローゼット、そしてやや高さがあるセミダブルのベッド。ベッドには落ち着いたモノトーンで植物が描かれた北欧調のベッドカバーが掛けられている。

就寝時にだけ聴くのか、ベッドヘッド部分は小さなプレイヤーも置かれていた。

「こんなことなら朝シーツ換えておけばよかったかな…ねえ先輩」

「?」

小さく呟いてた佐久間がベッドを指差す。

「ええと…今朝起きて、そのままなんで…シーツ換えます？　換えたばかりだからそんなに汚くはないとは思うんですけど」

「えっ…いや、そのままでいいよ。どうせ…」

「そうそう、まあどうせ汚れますしね」

「…」

赤裸々過ぎる佐久間の発言に、藤森のほうが恥ずかしさが募って口元を押さえてしまう。

そんな藤森の腕を引き、佐久間は自分と一緒にベッドへと腰かけさせた。

「佐久…」

佐久間の手が鎖骨に触れ、その心地よさに藤森が目を伏せると同時に再び口づけが重ねられる。藤森もまた、彼のぬくもりが近くに欲しくてその胸へと手を広げた。

「…心臓の音が、速いな」

「当たり前です、目の前に先輩がいるんですよ？　凄い緊張してるんですから」

「百戦錬磨のクセに」

「大本命とこうなったら、これまでの戦果なんか全く役に立たないですよ」

何を言う、と言わんばかりにふて腐れたように返す佐久間が可愛くて、藤森は小さく笑う。そして彼の手を取り、今度は自分の心臓の上に導いた。

「俺も、凄い緊張してるだろ。だから一緒だ。…なあ、こういう時は自分で服を脱いでもいいのか？」

「…！」

恥ずかしげに目尻を染める藤森の問いかけに、佐久間の最後の理性が音をたてて崩れる。

「こんな時、どうしたらいいのか勝手がよく判らなくて…うわ…!?」

佐久間は藤森の言葉を最後まで聞かず、彼をベッドの上へ押し倒した。そのままマウントポジションを取り、上から肉欲を煽るように唇を貪《むさぼ》る。

質のいい堅さのベッドへ押し倒された藤森は、覆い被さる彼の重みを全身で受け止めた。

「当たり前なんだけど、ベッド…お前の匂いがするな。背中からもお前に抱き締めて貰っているみたいで…佐久間？」

どうしたのか、佐久間は話を聞きながら藤森に顔を埋めるようにして崩れてくる。

「もう、どこまで俺を悩殺させたら気が済むんですか？　先輩は…！」

「え？　悩殺ってなんだよ、俺何か変なこと言ったか？」

「俺はもう、死にそうです。別の意味で」

「だってこんなふうにされたことないから、本当にどうしたらいいのか…判らないんだよ。こんな時に言うのは野暮だと判ってるが、いつも自分の服は汚れないように先に脱ぐようにしていたし…佐久間、笑ってないで教えてくれ」

困りきっている藤森に自分の体重を預けたまま、佐久間は肩を震わせていた。

「いやもう、どうしようこの人。教授とあんなハードな上級プレイをなんでもなくやっちゃうくせに、初々しくて俺のほうが本気で萌え死にそう」

「佐久間」

「こういう時はですね、自分で服を脱いでもいいんですが、相手の服を脱がしてやるほうが多分盛り上がります。…こんなふうに」

佐久間は言い置き、藤森へとキスをしながら彼のシャツの中へと手を差し入れた。敏感な乳首に触れられ、藤森は小さな声を漏らす。

「俺のも、脱がして下さい」

「うん…」

耳元へ熱っぽい吐息と共に囁かれ、藤森も真似て彼の服を脱がしていく。

佐久間が軽く腰を浮かせた意図を察して、彼のズボンのフロントも広げた。

それを待って佐久間は藤森の衣服を全て脱がせ、自分も裸になると向かい合うように並んでベッドに横たわる。ついでに藤森の眼鏡も外した。

「佐久間…俺、自分で出来ることは少ないけど、してあげられることなら多い…から」

「超絶期待してます。でも無理しないで、俺が先輩に奉仕したい。相手にしてあげるばかりで、されること、少なかっただろう？　こんなふうにも」

「あ…っ！」

佐久間は自分自身と藤森のそれを握ると、ひとまとめにした手の中で互いを擦《こす》るように刺激を与えてやる。反射的にそこへ手を遣るが、その熱さに恥ずかしさで逃げようとする藤森の手を捉えて握らせた。

「同じようにして、先輩…」

服を脱ぐまではぎこちなかった藤森だが、佐久間に言われた通り次第に熱を蓄えていく互い自身へと指を滑らせ、気持ちがいい部分を素直に追っていく。

「少し足、開いて」

「…うん」

佐久間は藤森の正面から下へとくぐらせるように手をのばし、彼の密《ひそ》やかな部分へと侵入していく。藤森も彼の指が受け入れやすいように呼吸を合わせ、淫らに腰を揺らした。

「先輩のここ、キツイのに柔らかい…もっと指増やしても、大丈夫?」

「うん…佐久、間ぁ…っ」

高畑に開発され、丁寧な調教が施されている藤森の体は快楽に従順でありながら、まだ誰ともこんなふうに愛し合うために体を重ねたことがないぎこちない初々しさのギャップがたまらなかった。

「うわ、艶《いろ》っぽい顔…」

「そんな近くで見るな、バカ。眼鏡がないと、よく見えないんだ…」

「今の先輩の顔をよく見なくて、何を見るんです？　先輩の顔だけでイけそう」

佐久間はそう言って彼のご機嫌取りのために、藤森の通った鼻梁《びりょう》へと唇を寄せる。

「…ぁ」

手の中の自身は熱を孕《はら》んで屹立し、もっと刺激が欲しいといわんばかりに無意識に互いを擦りあわせようと腰が動く。

「あ…っ、あ」

藤森は佐久間の指を受け入れているので、前後からの刺激に欲しがる声が漏れてしまう。

「こうして聴くと先輩の声、エロ声ですね。…そんなに掠れるのに、耳に甘く響いてる」

「佐久間の声、のほうが…エロイ、だろ…！　うぅ…ん、あ…っ⁉」

意地悪に囁きながら、佐久間は侵入している指を乱暴に動かし、彼をもっと喘《あえ》がせた。

「…ここ？」

「あ、あ…駄目…！」

的確に弱点を攻められ、縋るように藤森の指が汗が浮き始めた佐久間の肌の上を伝う。

何度口づけても藤森のキスは甘く、佐久間は夢中になった。

「最初に大学でキスした時にも強烈に思ったんですけど。先輩…キス、巧過ぎです。してるだけで凄ぇ蕩《とろ》けそう…」

「なんだそのアホっぽい感想は…」

「だって本当ですよ」

本当に気持ちよさそうに欲情して掠れた声で囁く佐久間の言葉に、藤森は何か考え込むような仕種を見せる。

「先輩？」

どうしたのだろうと覗き込む佐久間に藤森は再び音をたてて口づけると、彼の上半身から下肢へ向かって唇を這わせていく。

藤森の邪魔にならないよう、佐久間は柔らかいそこから一度指を抜き上半身を起こした。そのまま藤森は佐久間の中心へと顔を埋め、彼自身を自分の唇で押し包んでしまう。

「え？　うわ…!?　先…！」

熱く、濡れた口の中に自身を咥えられるダイレクトなその刺激に、佐久間は慌てて止めようとするが藤森は構わずにその舌技《ぜつぎ》と唇で奉仕する。

「あー…、そうか。先輩のキスが巧いわけ、納得です…」

全面降伏で思わず呟いた佐久間に、藤森は無言のままフン、と鼻息で応じたのがたまらなくて笑い出してしまう。

「先輩、こっちに体…ください」

「ん…、んぅ…」

そして細い藤森の体を近くへ寄せ、再び彼の秘所へと指を沈める。待ちかねていたようにひくつき、佐久間の指を奥へと招き入れた。

「ぁあ…」

佐久間へと奉仕しながら、藤森の体が敏感に反応して揺れる。指の数を増やして受け入れてもキツく、もっと欲しがって吸い上げるかのように締めつけていた。

「うわ、やばい…」

「え…?」

「待って、待って。余裕なくてすみません先輩、ちょっと俺限界、かも…」

そう言って佐久間は、一度藤森に赦して貰う。

「佐久間…」

「先輩とこうしてる、って思うだけで暴走しそう」

その言葉を立証するように、手を添えていた佐久間自身は堅く変貌《へんぼう》を遂げている。

「…じゃあ」

「先輩?」

藤森は意を決したように顔を上げると、佐久間を仰向《あおむ》かせた。

そしてよく鍛えられた彼の腹の上へ手を乗せ、腰を跨《また》ぐように膝立ちになる。

「俺から、する…から。見てて、佐久間」

「えっ? 先輩…っ」

真っ赤な顔で宣言した藤森は、先端が自分の内腿《うちもも》に触れていた彼自身に手を添えた。

そして位置を決めると、ゆっくりと腰を下ろしていく。

「…！」

だが熱い先端が今まで佐久間が指を沈めていた花弁へと接触すると、敏感に反応しすぎて腰が逃げてしまう。やろうとしていることは簡単なのに、緊張で体が巧く動かない。

「先輩、俺が支えますから、ゆっくり…恥ずかしかったら、目を閉じてていいですよ」

「ん…うん…」

佐久間は細い彼の腰を支えながら、自分自身に添えている藤森の手を誘導して再び愛しあう部分へと触れさせる。

「ふ…っ」

「大丈夫、怖くないですからそのまま…」

「うん…」

佐久間は支えている藤森の腰が逃げないようにしながら、彼が受け入れやすいように秘所を広げ下からも自分の腰を進めた。

「…ここだけ、キツイから」

「ん…あぁ！」

結合していく卑猥《ひわい》な音を伴いながらゆっくりと、だが確実に一つに繋がっていく。

「佐久間、あ、あ…！」

高畑に教えられ、そこには何度もさまざまな淫具《いんぐ》を飲み込んでいた。自分の手で動かすように強いられた張形《ディルド》の時もあれば、高畑が好きに操作出来るようなバイブレーターの時もあった。拡張するため、並みの成人男子のサイズ以上の時もあった。

だが、初めて受け入れる佐久間のそれは、全く違っていた。

生きて熱く脈動し、絡みつく藤森の肉襞《にくひだ》を削《そ》ぎ落とそうと奥へと入っていく。

「先輩、もっと声、あげて大丈夫ですよ…もうちょっとだけ、我慢してください」

強靭《きょうじん》な佐久間自身は熱く、一つになった部分から溶けてしまいそうだ。耳元でメリメリと肉が裂けるような音が聞こえるようで、藤森は何度もしどけなく首を振る。

「ん、あ…！」

佐久間自身の最も張る部分を飲み込むのと同じくらいに、藤森の膝から力が抜ける。

そのタイミングを待って、佐久間が力強く下から突き上げた。

「あぁっ…あ！」

深く突かれ、ずっと堪えていた涙が藤森の頬を伝う。

苦痛だけではないのに、涙が止まらなかった。

「…大丈夫ですか？」

「ん…」

心配する佐久間が、濡れた頬を拭ってくれる。

本当は大丈夫ではない、だけど呼吸すらままならないのに辛さは全くない。

「先輩の中、熱くて…このままでもイッちゃいそう…」

「バカ…あっ…!?」

頬を濡らしながらそれでも憎まれ口の藤森を、佐久間はまた下から突いて脅す。

「すみません、大丈夫なわけじゃないのに。…先輩に合わせて動きますから、慣れてきたらゆっくり腰、揺らして下さい」

そう言って佐久間は痛さを堪えて小刻みに震えている藤森の手を取り、指を絡めた。

「…っ」

ぎゅう、と強く握りかえしてくるその力で、受け入れている彼が今どれだけ痛みに耐えようとしているのか判る。

「…先輩」

心配そうな佐久間の声に、藤森は額に汗を浮かべながらやっと小さく笑う。

「大丈…夫だから。淫具《おもちゃ》なら、経験があるから…大丈夫だと思ったんだけど。ごめん…本物、ってこんなにキツいと思わな…くて。お前、立派過ぎる…うわ!?」

受け入れている佐久間自身が、自分の中でドクン、と一際強く脈打ったのが判る。

「お前…まだ、デカくなる気か?」

「俺をそうさせているのは先輩ですよ…ほら、こんなふうに」

「…！」

緊張していた藤森の全身が一瞬息をついたタイミングで、佐久間はわざと卑猥に腰を揺らして彼を甘く泣かせた。肉襞が喘ぐようにひくつく度に、彼の体が慣れていくのが判る。

「本当…こんだけイイ体なのに未経験なんて、どれだけ上級品なんだろ、先輩」

「意図的に下品な言葉を選ぶな…」

「いや、惚《ほ》れ直してるところです。これが本当の最初だったら、苦痛ばかりで快楽とか感じるどころじゃないですよ。まず体のほうを慣れさせないといけないですから。…でも先輩はもう、違うでしょう？」

「…」

指摘され、彼を深い場所へ受け入れている藤森は頷く。痛みはいつのまにか痺れとなり、あやすように揺らしてくれる佐久間をもっと感じたかった。

激しく強く突かれ、自分が自分ではなくなるくらい、乱暴にされたいと体が疼《うず》いている。

同じ気持ちでいる佐久間は、愛情を込めて繋いでいる手に力を込めた。

「愛してます、先輩。…俺を受け入れてくれてありがとう」

「それは俺の台詞だ。だからもっと…俺の中がお前で全部、埋まるように…愛して」

「喜んで、先輩。もう、俺以外では満足出来ないくらい、愛しますよ」

佐久間の言葉に藤森は濡れた唇から舌を出す。

「それは…俺の台詞だ。初めての男はお前だけど、それ以外の」

「先輩の初めての男！　俺、超素敵だ！」

「…！」

あまりのアホな佐久間の言葉に、二人は同時に声をあげて笑い出す。

それは佐久間が初めて見る、本当の藤森の笑顔と笑い声だった。

やがて藤森は体に負担がかかるのを承知で前へ屈み、佐久間に口づける。

「…俺を救ってくれてありがとう、佐久間。俺はお前がいれば、大丈夫だから。だから…これからもずっと俺の傍にいてくれ」

「先輩があっちへいけ、と言ってもついてまわりますよ」

「…期待してる」

お喋《しゃべ》りはそれまでだと佐久間は藤森の負担にならいよう抱き寄せ、その唇を封じる。

「あっ…」

互いを求めるように舌が絡み合い、聞こえてくる濡れた音が体の芯に熱を熾《おこ》す。

佐久間は藤森の呼吸に合わせてやりながら強弱をつけて突き上げ、彼の体が次第に慣れて快楽だけを追えるようになるまで律動を繰り返していく。

「ん…あっ、あ…！」

空いている片手で藤森自身を扱いてやると、それだけで強く締めつけてくる。

「あー、掠れてるのに甘そうな声になるんですね。先輩の声だけでもイけそう」

「バカ…！　舌なめずりしそうな口調で…言うな！　俺、が…れてる意味が…んぅ…！」

結合の痛みと初めての受け入れで緊張して強張っていた藤森の体が、次第に馴染んでいくのが判る。それを佐久間に教えるように、藤森の声も艶を帯び始めていた。

「うん、涙声で怒る先輩もたまんねぇくらい可愛いですよ?」

「そういう、意味じゃ…な…あぁ！」

挿入され、息が詰まるほどだった圧迫感は、今は佐久間に支配されている充実感へと変わっている。佐久間に淫らに突かれる度にせつない声が零れ、甘く鳴いてしまう。

佐久間の腰を跨いでいるので、内腿を擦る刺激にすら藤森は敏感に反応していた。

「じゃあ…どういう意味?」

意地悪く問う佐久間へ、藤森は這い上がってくる快楽に何度も首を振りながらそれでも必死に言葉を綴る。

「…に」

「?」

「俺は今…佐久間、に…抱かれてるんだって、思うだけで…幸せで。なのに、もっとお前を求めて…体が欲しがってる。お前を気持ちよくして、やりたいのに…どうしていいのか、判らなくなりそう…で」

「…！」

途切れがちで掠れる藤森の言葉を聞いた途端、佐久間は体を起こして体勢を入れ替えた。

「えっ？　うわ…⁉　佐久…んんっ、ふ…ぁああ！　佐久間…っ、んん…」

仰向けにした藤森の両膝を抱えるように押し広げると、深く彼の中へと自身を沈める。

藤森もまた佐久間を求めて彼の背中へと両腕をまわして縋り、唇を求めた。

「本当にもう…！　先輩は、俺を殺す気ですか⁉」

「殺されたいのは、俺だ…もっと俺を…愛して…あ、あぁ…！」

佐久間は藤森の求めに応じ、そして自分がどれだけ愛しているか伝えるために力強く彼を穿《うが》ち、互いの快楽を追っていく。求めて重ね、シーツの上で絡める手も汗で濡れている。

視界が白く明滅《めいめつ》し、限界が近いことを知らせていた。

「駄目…も、う…駄目だ、佐久間…！」

「俺も…です先輩。愛しています、先輩…一緒に」

「うん、うん…佐久間…！　あ、あぁあ…！」

一際乱暴に強く突かれた藤森は満たされたままうねるような絶頂《ぜっちょう》に身を預けて達し、佐久間もすぐに後を追う。

…重ねている肌のぬくもりだけが、想いを確かめあった今の二人の全てだった。

…夜明けはまだ遠く、佐久間の腕の中で満たされながら藤森はずっと気になっていたことを口にした。

「佐久間は、何故俺にあの折りたたみ傘をくれたんだ？　俺が折りたたみ傘を持っていないことを、どうして知っていた？」

少し前まで思いの丈全てで佐久間に愛され、藤森はその愛に溺れた。何度も彼を受け入れ喘ぎながら達し、それでも足りなくて互いを貪るように求めている。

下半身が痺れるように痛むが、それは痛みに感じなかった。

「あの生放送の日…帰りは凄い雨で。そしたら先輩、俺にビニール傘をくれたんです。用意がいいですね、って言ったらそこで買ったからって。『自分は折りたたみ傘を持たないから、ついでに君のも一緒に買った』って教えてくれたんですよ」

「傘を渡したのは、ぼんやり憶えてる。だが俺…そんなことまで言ったのか？」

まだ汗で濡れている藤森の髪へと顔を埋めながら、佐久間は頷く。

「えぇ。雨の日に先輩を見かける時、いつも長傘だからあぁいまだに持ってないのかなと。長傘は邪魔だったり好みがあったりするけど、携帯用ならいくつあってもいいかと思って」

その言葉に、藤森は体を庇いながらゆっくりと上半身を起こした。

「…じゃあの折りたたみ傘が黒いのは偶然、なのか？」

「？　そうです。黒が一番無難だし、白のペンで書くのにも目立つと思ったので」

藤森はまじまじと佐久間を見つめる。

「俺の折りたたみ傘は、父に貸したんだ。…事故があった日だった」

「…」

「…あの日は、朝から雨が降りそうな曇りの日で」

静かな藤森の声に惹かれ、佐久間も話を聞くために顔を上げる。

「俺の両親は研究者で。事故にあったその日も、いつもと何一つ変わらなかった。朝食を一緒にとって、今日は研究先に二人で出かけると言っていた。夜には帰ると。だから俺もあぁそういってらっしゃい、飯は先に食ってるからってそんないつも通りの会話をして」

今でも、あの朝にかわした最後の会話を憶えている。

「警察から連絡があったのは夜だったけど、事故は昼間に起こってた。だけど俺には判らなかった。大学で講義受けながら一人なら晩飯何食おうかな、そんなこと考えてた。近しい人に何かある時に予兆があるとか、あれは嘘だな。…判る人はいるんだろうけど、少なくとも俺は判らなかった」

「普通の人はそうだと思います。俺もきっと、判らない」

「出かける父が自分の折りたたみの傘が見つからなくて、俺のを貸して。『じゃあ帰ってきてから返すから』…父はそう言って、結局その傘も父も戻って来なかった」

「…そんな事情があったんですか」

藤森は自分の話に耳を傾けてくれる佐久間へと、頷く。

「もう戻ってくることがないと判っていても、新しい折りたたみの傘を求めてしまったら父との約束が終わってしまう気がしてなんとなく買えずにいたままだった。…俺に傘をくれて、ありがとう佐久間」

改めて言われ、佐久間は照れくさそうに笑う。

「偶然ですよ。黒は珍しい色じゃないし」

「偶然でも、俺は救われた。両親は本当に突然逝《い》ってしまったから、俺は自分の気持ちをどうすればいいのか、その心の置き所すら、自分で判らなかったんだ。さよならも、言えなかった。愛していることも、感謝の気持ちも…まだ、伝えていなかったのに」

「…」

佐久間は無言のまま、腕をのばして藤森の頭を掻き抱く。

そんな優しい彼の胸に、藤森は自分を預ける。

「…両親が死んで、抜け殻みたいになっていた俺を支えてくれたのが、高畑教授と奥さんだったんだ。俺はあの人の優しさを、知っている。だから…」

「自分が周囲から孤立しても、教授の元から離れなかったんですね。自分が、笑えなくなってしまっていても」

傘には『Smile for me《笑って》』と書かれていた。

笑っていた昔の自分を知っているなら、今の姿は佐久間にとってどれだけ心配だったのだろう。笑わず、全てを拒んで息を潜めるようにいたから。

「佐久間は、寂しい気持ちが判るんだな。たとえ仮初《かりそ》めでも、無条件で傍にいてくれるぬくもりと優しさが必要で、それを求める人を見過ごせない」

「…先輩にだけですよ」

佐久間にそう言って貰えるのが嬉しくて、藤森は小さく笑う。それは傍にいて安心出来る者にしか見せない、とっておきの優しい笑顔だ。

「だけど、そんな佐久間だから傘をくれた。俺に笑ってと、言ってくれた。その時に俺は、まだ自分が笑ってもいいのだと…教えて貰ったんだ」

「あのメッセージ、『俺だけに笑って下さい』って下心で書いたのに」

照れてそう惚けてくれる佐久間の顎へ、藤森は笑いながら唇を寄せる。

「これからお前だけに、とっておきの笑顔を見せられるようにするから、それで我慢しろ」

「はぁーい。…ねぇ先輩。それで俺から一つ、提案があるんですが」

「?」

「兄貴にも了承済みですけど…俺は兄貴と違って、霊感とかそう言ったのが恐ろしいほど皆無で。もし兄貴のあの特技がデータ収集に有効なら」

「不要だ」

「いや、でも先輩…」

佐久間が驚くほど簡単に、藤森は即答した。

「ウチの研究室から見れば協力者として喉から手が出るほど欲しいところだが」

「だったら」

藤森は穏やかなまなざしを向けて、佐久間へと繰り返す。

「いらないよ、佐久間。…正直今の研究室データでは、協力を仰いでも精査出来るレベルじゃないんだ。そういうことに、しておいて欲しい。お兄さんにもプライベートな名刺を貰ったけど、多分協力者としては連絡しないと思う。俺は大丈夫だから、お兄さんにも…そう伝えてもらえないか」

穏やかな言葉の中に、彼の決意が垣間見える。

「先輩がそう言うなら」

藤森らしい辞退の言葉に、佐久間もそれ以上食い下がらなかった。

佐久間は満たされて穏やかな表情を浮べている恋人に、優しくブランケットをかける。

「…じゃあもう少し、寝ましょう先輩」

「あぁ」

頷いた藤森はもう一度佐久間へと口づけると、彼の腕の中へ潜り込む。

そして互いのあたたかなぬくもりに抱《いだ》かれて、静かに眠りへと誘《いざな》われていった。


「藤森君は自分のこと過小評価してるんだけどね。彼はもともと相当優秀な学生なんだよ」

午後の授業が終わった平和な大学の図書館事務室で、シノは散らかった机に紛れ込んでしまった封筒を探しながらあっけらかんと佐久間にそう告げた。

佐久間がシノを訪れたのは、これから先の藤森と高畑との相談のためだ。

ついでに新規受け入れした図書のラベル貼りも手伝っている。

「あ、やっぱりそうなんだ？」

「そう。だから一目置かれてる反面、やっかみもあってあんな変な噂が面白おかしく流されたりしたんだよ。高畑教授にしても、量子物理学でも有名な論文をいくつも発表してるし」

「そう見えない」

シノは手を止め、まじまじと佐久間を見つめた。

「この大学、元々女子大だっただろう？　理系の男子学生を増やすのに、教授と藤森君のご両親を他の大学から招いてるんだよ。彼らは某日本最高学府の理工学部出身なんだぞ」

「そうなんだ⁉」

「…高畑教授は、佐久間《こいつ》を怒ってもいいと思うな。少し前までは、彼が提案した仮説が有効だったりしたからね。奥さんを亡くされて、アヴァンギャルドな方向へ転向してるけど、そうでなければいくら教授だってあんな怪《あや》しい研究室を簡単に開けないだろ。お、発見」

シノは目当ての封筒を見つけ、埃《ほこり》を払う。封筒には、大学の正式な封緘《ふうかん》が押されている。

「俺はてっきり、権力持ってるだけのただの変態のおっさんだと…」

「権力も持ってる、ね。だから実際問題、藤森君が他の研究室へ移りたいって希望を出せば諸手を挙げて受け入れる先はいくらでもあるよ。噂も、沈静化してるんだろう？」

問われ、佐久間は肩を竦めた。

「想像以上に」

佐久間が藤森の噂を払拭《ふっしょく》するために動いたことで、想定以上に噂の沈静化が速かった。

今はピークの時よりも数はかなり減ったが、それでも日々数人は藤森へ詫びを入れる学生がいる。

「ついでに彼に謝っておくと、恋が叶うってわけの判らない噂も流れてるけどな…。あれ流したの、お前だろ？」

「普通に謝るのに抵抗ある人はいると思うんですよね、だけど何か別の理由《建前》があれば言いやすいかな、って思っただけなんですけど。因《ちな》みにその入れ知恵くれたのは楓理ですよ」

「へー。まあそんなわけだから、もし藤森君が研究室を離れることになっても、心配いらないから。…というか現実問題、近いうちそうなることになると思うけどね。はい、これ高畑教授の所へ持ってってって」

「？　推薦《すいせん》状？」

封筒には大学長の名前で高畑教授宛の推薦状が書かれていた。

読み上げた佐久間に、シノは人の悪い笑みを浮かべる。

「近くにいるからちょっかい出したくなるものだろう？　だったら物理的にしばらく遠くへ行って戴こうかと。ドイツの大学から彼を客員に迎えたいんだけどって、教授の調査依頼があったんだよ。大学評価としてのね。だから大学長に頼んでー…」

「追い出しやすいように、推薦状を書かせたんですね…」

「早ければ年明けにはもうドイツだから、あの研究室は一時閉鎖になるね。藤森君は研究に遅れが出るだろうけど…まあ、お前がいるし頑張るだろ」

「教授、藤森先輩なしで本当に行くと思います？」

「ぐずったらそれこそ、大学側から追い出すよ。…高畑教授も愚かじゃない、自分が藤森君を追い詰めていたことくらい、判ってる。それをやめるきっかけだ」

「俺がこの推薦状持って行ったら、嫌味以外の何物でもない気がしますけど？」

当然の佐久間の反応に、シノはその手にもう一枚紙を載せた。

「じゃあこれ、お駄賃《だちん》に」

「？　あー！」

それは、あの雨の日の日付がスタンプされたレポートの受領書だった。

「こんなことが出来るなら、とっとと偽造して下さいよ！」

それが偽造だと判るのは、名前の欄に記入されている文字が、シノの筆跡だからだ。

「推薦状が出来るまで、お前におとなしくしてもらいたかったんだよ。お前に刺激されて、高畑教授が暴れたら面倒だろう？　佐原教官には一応話はつけてあるから、それ持って教授教授の所からレポート取り戻してこい。…ついでに、彼もな」

「ふあーい。…本当は自分で高畑教授の所に行くのが面倒なんだろ」

「当たり前だ、俺はこれでも下っ端の講師なんだぞ。そうでなくても別の場所で顔を合わせることになるんだから、向こうが見せるあからさまな嫌な顔はこれ以上見たくないの」

ほら、とっとと行け、と手で払われ、佐久間は溜息をついてから教授の元へ向かった。


同じ頃、研究室では藤森が高畑と話をしていた。

開け放たれた窓からは、明るい日差しと心地好い午後の風が吹いている。

「…俺はもう、大丈夫です教授《せんせい》」

「貴生」

「俺がいつまでも教授に甘えていたから、教授もご負担だったと思います。これからは、俺を見守るだけにしてくださいませんか」

「あの…佐久間という男のせいか？」

呻《うめ》くような高畑の問いに、藤森は首を振る。

「いいえ、彼は俺にきっかけをくれただけです」

藤森は自分の噂の出所のことも、佐久間のレポートのことも何一つ高畑を責めなかった。言わなくても、彼は判っている人だと信じているからだ。

「だから俺は、ドイツへは一緒に参りません。教授もどうか一人になって、保留になってしまっていた研究と、本来のご自分を取り戻して下さい」

「貴生、私は…！」

高畑が言いかけた言葉を、藤森は最後まで言わせない。

「教授が愛しているのは、亡くなった奥様ただ一人です。俺と擬似セックスをしても、教授の体が応じることはただ一度としてなかった。それが何よりの証拠だと思います」

「貴生…！」

「佐久間が言ってました。自分が弱っていたら、少しぐらい逃げてもいいと。全部に立ち向かうだけが勇気じゃない、とも。…俺も、そう思います。教授と俺は突然家族を喪《うしな》った、立ち直るには互いを支えあう必要があったんです。俺は、後悔していません」

「…！」

高畑は藤森へと手をのばしかける。

その時に、佐久間がノックと共に研究所のドアを開いた。

「失礼します、あれ？　藤森先輩」

「佐久間」

佐久間は藤森に微笑みかけ、そして奥に立つ高畑を真っ直ぐ見つめる。

「ここになんの用だ」

「はい、シノ先生からこれをお届けするように言われて来ました。…それから、これ」

佐久間はシノから託された封筒を差し出しながら、レポートの受領書を翳《かざ》す。

「…！」

「拾得物として学生課に届けられていたそうです。ここへ来る前に佐原先生を訪ねて、あの時高畑教授がレポートを届けたお話を聞いて来ました。多分、うっかり俺のレポートが高畑教授の荷物の中に紛れてると思うので…見つけたら取りに伺うので教えてください」

「…っ」

佐久間の言葉に、高畑は彼らしからぬ舌打ちをする。その意外な行動に藤森は思わず佐久間と顔を見合わせてしまう。

そんな彼らに気付かないままデスクに向かった高畑は、引き出しの一番上から表紙のついたレポートを取り出すと、佐久間へとつきつけた。

「…持って行きなさい」

心底忌々しそうな高畑の声にも気付かないふりで、受け取った佐久間は頭を下げる。

「ありがとうございます」

そのタイミングを待っていたかのように、昼を知らせる音楽が大学構内に響く。

「藤森先輩、一緒にお昼どうですか？」

「あぁ」

佐久間に誘われ、藤森は共に出口へと向かう。

「では教授、失礼します」

…季節はゆっくりと移り変わり、長い間上映されていた嶺至の映画が公開を終えた初冬の頃には物見遊山で図書館に忍び込んで幽霊探しをする学生は見かけなくなった。

あとがき

こんにちは&初めまして、染井吉乃と申します。

ルチル文庫さんで六冊目の「やさしい雨と彼の傘」をお届け致します。

「秘密の花」から佐久間を主人公に変えての続編ですが、前作をご存じなくても大丈夫仕様のお話になっていますのでご安心下さい。とはいえ前作も読んで戴けたら、図書館にいる幽霊の正体とかシノが大学でこき使われている理由とか、ついでに佐久間が巻き込まれていたりとか、が判ってより愉しいかと…（笑）

佐久間は前作の頃から彼が主人公のお話が書きたいですねー、と担当さんとお話していて、念願がかなってとっても嬉しいです！　でも、前作の頃に書きたいと思っていたお話とは違う方向の舵取りになったのは染井吉乃クオリティということで…。（大体いつも通り）

なんというか今作はいつにも増して、ずっと書いていたいなーって思っていた作品でした。

作業が「乗ってくる」までが長くかかってしまった作品のせいかもしれないのですが、もっとこう…主人公達をイチャコラさせたかったです（笑）ので、私側では進行上最終チェックになる著者校正の段階で某シーンを加筆させて貰いました。

今回も緒田涼歌先生に挿絵をお願いすることが出来て嬉しいです！

主人公の佐久間&藤森は当然として、個人的に予定外に登場が増えた嶺至兄がどんな感じになるのかなー、と愉しみでいます。画での嶺至兄の登場があるといいな！

タイトルにまで大出世した、作中アイテムの手書きメッセージの英訳は翻訳家のももママさんにして貰いました。ももママさん、ありがとうございます！　自分でも英訳可能な短い一文ですが、細かいシチュを伝えた上で言葉を選んで貰った経緯は私自身とても勉強になりました。今度ランチに行きましょう！

担当様にも大変お世話になりました。タイトルのご相談も本当に助かりましたです！

今回のタイトルがちょっと可愛いかったり、マセラティの車体の色が黒だったりなのは担当様のお陰です（笑）そして母もありがとう。

最後になりましたが、今作を読んで下さった皆様も愉しんで戴けたら恐悦至極欣喜雀躍。

（私が踊ると雀には見えないと思いますが…）

それではまた、次にお会い出来ることを願って。

二〇十二年九月　　　　　　　　　　　　染井吉乃

✦初出　やさしい雨と彼の傘……………書き下ろし

染井吉乃先生、緒田涼歌先生へのお便り、本作品に関するご意見、ご感想などは
〒151-0051 東京都渋谷区千駄ヶ谷 4-9-7
幻冬舎コミックス　ルチル文庫「やさしい雨と彼の傘」係まで。

幻冬舎ルチル文庫
やさしい雨と彼の傘

2012年9月20日　第1刷発行

✦著者	染井吉乃　そめい よしの
✦発行人	伊藤嘉彦
✦発行元	株式会社 幻冬舎コミックス 〒151-0051 東京都渋谷区千駄ヶ谷 4-9-7 電話 03(5411)6432[編集]
✦発売元	株式会社 幻冬舎 〒151-0051 東京都渋谷区千駄ヶ谷 4-9-7 電話 03(5411)6222[営業] 振替 00120-8-767643
✦印刷・製本所	中央精版印刷株式会社

✦検印廃止

ISBN978-4-344-82618-2　C0193　Printed in Japan